間違いだらけの恋だとしても

鳥谷しず

幻冬舎ルチル文庫

CONTENTS ✦目次✦

✦カバーデザイン＝久保宏夏(omochi design)
✦ブックデザイン＝まるか工房

イラスト・鈴倉 温✦

間違いだらけの恋だとしても

1

何もかもが、凍りつくような冴《さ》えた夜気に、細い雨が散りはじめた。

街灯や店々のショーウィンドウから漏れてくる光にきらきらと照らされた冷たい雨粒が、路面で砕けて跳ねる。

あちこちで、次々と傘の花が開いてゆく。

細く尖《とが》った顎先《あごさき》をマフラーに擦《こす》りつけた鈴原彰史《すずはらあきふみ》は、自分も傘を差そうとしてふと気づく。

昨年末から、ひと月近く休みのない毎日が続いている疲れで、ついぼんやりしていたせいだろう。電車の中に傘を忘れてきてしまった。

浩輝《こうき》と待ち合わせている店はもうすぐそこだし、雨は頼りないほどに細い。このまま歩いて行っても大して濡れはしないだろう。

けれども、今晩は浩輝に大事な相談事がある。

それと自覚してから二十年以上秘密にしてきたことを、打ち明けるのだ。一時間や二時間で終わる話でもないので、帰る頃には雨脚は強くなっているかもしれない。

駅前のコンビニへ引き返し、傘を買ってきたほうがよさそうだ。

そう思い、踵《きびす》を返した直後だった。前方から、傘を差した浩輝が歩いてきた。

ショート丈のダッフルコートにレザーパンツという出で立ちの浩輝も鈴原の姿を認め、足を速めて駆け寄ってくる。

「どこ行ってんだよ、兄貴。店、反対方向だぜ？　方向音痴な刑事なんて、洒落《しゃれ》にならないんじゃないのか？」

おかしそうに言う浩輝に、鈴原も苦笑してわけを話す。すると、浩輝は傘を傾け、その持ち手を鈴原の眼前に差し出した。

「じゃあ、これ、兄貴にやるよ。逆選別に」

「逆選別？」

「ああ。俺、来週からしばらく、ニューヨークだから。BZO《ビゾー》のピアニストが事故で怪我して、復帰するまでの代役頼まれたんだ」

「お前が？」

「ああ。リーダーのベンジャミン・ジンデルが去年、プライベートで来日したときに、たまたまテレビで俺のライブを見てくれたみたいでさ。代役期間は短期になるか、長期になるかはっきりしないけど、それでもよければばって」

でも、と浩輝はコートの下で華奢《きゃしゃ》な肩を竦《すく》める。

「断る手はないだろ？　ＢＺＯで弾けるんだから」

Benjamin Zindell Orchestra――通称「ＢＺＯ」は日本での知名度こそ低いが、アメリカでは誰もが知るビッグバンドだ。

一方、浩輝は、日本人離れした華麗で軽やかな演奏に加え、アイドル顔負けの爽やかに整った容姿や朗らかな性格が幅広い年代の女性の心を鷲掴《わしづか》みにし、ジャズ・ピアニストとしては類を見ない認知度を誇ってはいるものの、それはあくまで日本国内での話だ。

海外ではまだ無名に等しい浩輝が、期間限定とは言え、ジャズの本場で人気を博す一流バンドのメンバーに選ばれたことは、かなり異例の大抜擢《だいばってき》だろう。

浩輝は能天気すぎるほどに前向きな男なので、その笑顔も、声音も一年中弾むように明るく、今もそうだ。

しかし、鈴原には、浩輝の胸のうちで躍動している、普段とは違う大きな喜びが手にとるようにわかった。

「そうだな。おめでとう、浩輝」

日頃、周囲の者に「無駄になまめかしい」と評され、夜の寮内や泊まりこんでいる所轄署の仮眠室などで「こっちを見るな。変な気分になるだろうが」と、本気と冗談が半々の迫害を受ける目もとをたわませ、鈴原はふたつ年下の弟を祝福する。

「ああ、サンキュ。でさ、兄貴。そういうわけで、俺、母さんの三回忌には出席できそうにないから、よろしく頼む」

浩輝から突然、「久しぶりに、会おうぜ」と電話がかかってきたのは、四日前のことだ。

鈴原は今、新宿署管内で発生した強盗殺人事件の捜査本部に参加している。捜査に忙殺され、独身寮に帰る暇もない状態だが、それでも無理やり時間を作った。

元々、今月末の母親の三回忌を終えたら、浩輝に打ち明け、相談するつもりだった悩みがあったので、ちょうどいい機会だと思ったのだ。

今まで、浩輝からの誘いがあったときに、何か重大発表がされたためしなどなく、今回もただ純粋に会いたくなっただけだろうと考えていた。その予想は外れたけれど、今晩の浩輝はきっといつも以上の上機嫌で鈴原の相談に乗ってくれるに違いない。

母親の墓前にはすでに報告をすませたという弟に、鈴原は「わかった」と頷《うなず》く。

「それより、嬉《うれ》しいのはわかるが、ちょっと浮かれすぎじゃないのか？」

鈴原は、予備の折りたたみ傘を携帯しているはずのない浩輝を見て、苦笑する。

「俺がここで傘をもらったら、お前が濡れるぞ。渡米の準備で忙しいときだろうに、風邪でもひいたら、どうするんだ」

「大丈夫だって。傘なら、もう一本、あるから」

そう言って浩輝は笑い、やや強引に鈴原に傘を渡す。

そして、すぐ近くで開いていた、ビロードのようなつやのある黒地に臙脂《えんじ》のストライプの入った傘の下へ、するりとすべりこんだ。

「ふたりじゃちょっと小さいけど、帰る場所は一緒だしな」

革張りの持ち手を品よく握ってその傘を差していたのは、今までそこに立っていることに気づけなかったのが不思議なほど美しい男だった。

やわらかそうな黒髪に縁取られた秀でた額。黒曜石を嵌《は》めこんだかのような双眸《そうぼう》の奥で煌《きら》めく、はっきりとそれとわかる深い理知。鋭角的に高いのに作りもののめいた冷たさのない鼻《び》梁《りょう》に、官能的な曲線を描く唇。

腰の位置のやたらと高い、均整の取れた長身を包む濃紺のスリーピースと、その上に優雅にはおられた同色系のチェスターコート。鈴原の纏《まと》うスーツやコートもそれなりのものだけれど、桁《けた》が違うオーダーメイドだと一目で知れた。

名工が精緻《せいち》な計算尽くで彫り上げたとしか思えない美貌の男の物腰は落ち着いていて、鈴原より二、三歳ほど年上の、三十代の前半に見えた。まさに、鈴原の理想そのものの「優しそうな年上のインテリ」だった。

本当なら心ゆくまで見惚《みと》れたかったが、これまでは常に、兄弟ふたりだけの水入らずだった食事会に、同性愛者の浩輝が初めて連れてきた「他人」だ。

しかも、同じ家に住んでいるらしい。

その関係は聞かずとも明らかで、弟の恋人にそんな真似《まね》はとてもできない。眼差《まなざ》しが理性の制御を離れてうっかり色めかないよう、鈴原は和《なご》ませていた眦《まなじり》に力を入れる。

鈴原と浩輝の容貌は、整いすぎるほど整っているという点では共通している。しかし、父親似の浩輝に万人受けする愛嬌《あいきょう》と甘さがあるのに対し、母親似の鈴原にはそうした親しみやすさがあまりない。白い肌の透明度のせいか、硬質で繊細な印象が強く、目もとに力を入れると鈴原の意図しない凄《すご》みを発することがある。

今も不快げに見えてしまったのか、浩輝が少し慌てて取りなすふうに言う。

「今日はさ、BZOのことの報告もしたかったけど、兄貴にカイを紹介したかったんだよ」

「カイ」と呼ばれた男は艶然《えんぜん》とした微笑を湛《たた》えて会釈《えしゃく》し、ごく自然な動作で浩輝に傘を預けると、鈴原に名刺を差し出してきた。

「初めまして。突然、お邪魔させていただき、申し訳ありません」

視線をやった名刺に書かれていた文字を見て、鈴原はかすかに眉《まゆ》を上げる。

――東京地方検察庁　公安部　検察官検事　友利《ともり》櫂《かい》
「地検の友利と申します」

刑事に限らず、警察官は皆、悪用されるのを防ぐなどの理由から、不用意に名刺の交換をしないのが常だ。

たとえ「弟の恋人」でも、友利が一般人ならば、どうしようかと迷っただろうが、検事なら話はべつだ。自分の身分をすでに浩輝から聞いて知っているらしい様子の友利に、鈴原も肩に傘をかけ、スーツの内ポケットから取り出した名刺を渡す。

「頂戴《ちょうだい》いたします、検事。捜査一課の鈴原です」

自分たちの家庭の事情も、友利は承知しているようだ。

鈴原が浩輝と同じ「八木《やぎ》」ではない姓を名乗っても、特に不思議そうな表情は見せず、名刺をしまった。


鈴原が今、はっきりと家族だと認識し、そう呼べる存在は浩輝ひとりだけだ。しかし、かつて「八木彰史」だった頃は、四人家族だった。

音楽大学のピアノ科で教鞭《きょうべん》を執り、若くして教授の座を得た父親。「淑《しと》やかな深窓の令嬢」がそのまま優雅に歳《とし》を重ねたような美しい母親。そして、外見と内面双方の愛くるしさで誰もをたちまち虜《とりこ》にするふたつ年下の浩輝。

名家の出の母親は躾《しつけ》には厳しかったけれど、声を荒らげたりすることはなかったし、鈴原と浩輝を心から慈しんでくれた。父親は少し変わった人物で、ピアノと学生の指導が中心の自分の世界に没頭するあまり、頭の中から家族の存在が抜け落ちてしまうこともままあった。

それでも気が向けば、ふたりの息子を母親以上に可愛がり、甘やかした。

きっと端からは、恵まれた一家に見えていただろう。

だが、八木家は実際、幸福からはまったく縁遠い家庭だった。

元々、双方の意に沿わない、政略的な意味合いの濃い結婚だったと聞く。鈴原が物心ついたときには、両親はすでに「親」ではあっても「夫婦」ではなくなっており、家の中の空気は息苦しくなるほどに澱《よど》んでいた。

家の中での父親と母親の生活エリアは明確に区分されていたし、父親はいつしか留守がちになっていた。母親はときおり、父親などこの家にはもとからいないかのように振る舞いさえした。醜悪な喧嘩は決してしない反面、ふたりは互いをぞっとするほど冷ややかに無視し合っていた。

大らかでいささか奇天烈《きてれつ》な父親も、優しい母親も大好きだった鈴原にとって、両親の確執はとても辛《つら》いものだったが、そのやるせなさがやわらぐときもあった。

ピアノを弾いているときと、浩輝とふたりでいるときだ。

白と黒の鍵盤を鳴らし、自分で新たな音色を響かせている間は、家の中の空気をひずませる不協和音が聞こえなくなった。

そして、両親の不仲をまだ理解できていないのだろう浩輝が向けてくれる屈託のない笑顔が、ともすれば濁りがちになる鈴原の心を明るく照らしてくれた。

『おにいちゃん、どうしたの？　おなか、すいたの？　ぼくのどーなつ、あげるよ』

『おにいちゃん、ようちえんであたらしいおうたをならったよ。うたってあげるね』

自分の両親が普通ではないことに切なくなっても、ただピアノがあれば、ただ浩輝がいれば、それだけで励まされた日々に大きな変化が訪れたのは、十歳のときの夏休みだった。

きっかけは、その頃はもう家にいない日のほうが多くなっていた父親に代わって、鈴原と浩輝の新しいピアノの先生がやってきたことだ。

『今日から、彼がお前たちの先生だよ』

そう紹介されたのは、父親の教え子の大学生——片桐秀一《かたぎりしゅういち》だった。

わずかに色素の薄い清廉な眼差しと、綺麗《きれい》な長い指が、まず目に飛びこんできた。

それから、やわらかく透き通った独特の微笑《ほほえ》み方。

片桐はとても綺麗な男性《ひと》だったが、それだけではなかった。物腰が優雅で、優しかった。何でも知っていたし、耳を傾けていると全身でぴょんぴょんと飛び跳ねたくなるような魅惑的で軽やかな音を奏でた。

そんな片桐に憧《あこが》れる気持ちは、瞬《また》く間にべつのものへと変化していった。

それは、初恋だった。同性に恋をするのは、よくないことだとわかっていた。だけども、片桐に惹《ひ》かれる気持ちは膨れ上がるばかりだった。

片桐のそばでその声を聞き、笑いかけられると、夢見心地になれたから。ピアノのレッスンがない日でも、片桐のことを考えただけで、幸せになれたから。

片桐に褒められたい一心で、鈴原はピアノを練習した。そして、片桐が好きだというジャズに浩輝と一緒に魅《み》せられ、夢中になった。

初恋と、厳密かつ美しい規律が支配するクラシックと、多彩で瑞々《みずみず》しい音が飛び跳ねるジャズ。それらが混ざり合う世界で過ごす毎日には、心がわくわくと弾むあざやかな色と刺激が溢《あふ》れていて、本当に楽しかった。

なのに、告げられるはずのない幼い恋は、あっけなく去っていった。

鈴原が中学に上がる春、片桐が留学してしまったことで。

父親と浩輝の三人で空港まで見送りに行き、片桐の姿が視界から消え、悲しくて泣きそうになった鈴原の手を、浩輝はぎゅっと握ってくれた。

『元気出して、お兄ちゃん。きっと、次の先生も、片桐先生みたいに楽しい先生だよ！』

失恋の痛みが、それでなくなったわけではない。けれど、きらきらとした期待に満ちた笑顔の無邪気な輝きにつられ、鈴原の頬《ほお》は淡くゆるんだ。

片桐の後任には、鈴原と浩輝のために、父親がわざわざジャズにも造詣《ぞうけい》が深いプロの講師を探してくれた。指導熱心で話術の巧みなその講師は若くて美しかった。男性ではなく女性ではあったものの、浩輝が予想した通りの「片桐のような先生」だった。

だが、いくら「いい先生」でも彼女は片桐ではないのだから、鈴原の胸には片桐に対して抱《いだ》いたような感情はかけらも芽生えなかった。むしろ、感じたのはほの暗い拒絶だった。「いい先生」だと思いはしても、少しも好きにはなれなかった。

彼女のレッスンはまるで楽しくなく、レッスン中に手や肩に触れられるのが特に嫌だった。べつに変な触られ方をされたわけではないし、片桐にそうされると胸がときめいたのに、彼女の感触には大きな嫌悪感が湧いたのだ。

最初は、そんなふうな気持ちになるのは、突然降ってきた失恋のせいでおかしくなっているのだと思っていた。そのせいで、片桐と「新しいピアノの先生」を必要以上に比べて、彼女が片桐でないことに理不尽に失望し、不当に腹を立てているのだと思っていた。

けれども、それからほどなくして、クラスメイトの女子に告白されたことがきっかけで、鈴原は答えを見つけた。

清楚《せいそ》な外見とは裏腹に積極的だった彼女は、いきなりの告白に驚いて固まった鈴原の手を何の断りもなく握ってきた。

ピアノの講師と同じ、やわらかい女の手の感触を、鈴原は咄嗟《とっさ》に「嫌だ」と感じた。その本能の閃《ひらめ》きが、鈴原に気づかせた。

元々そうだったのか、片桐に恋をするうちに心がそう変わってしまったのかは確かめるすべもないけれど、自分は異性に興味を持てない人間なのだと。

そうして、自身の性癖をはっきりと悟った鈴原が縋《すが》れるものは、また浩輝とピアノだけになった。

もっとも、ピアノに対する以前のような情熱はなくなってしまい、最初は心にぽっかりと穴が空《あ》いたようだった。

ただでさえ、混乱していた。

片桐への恋が、片桐に対してだけ抱けた特別な感情ではなかったと自覚をしても、どうすればいいのかわからず、戸惑った。

とは言え、一年が経《た》ち、二年が経つうちに、失恋の傷は自然と癒えた。

少しずつ大人に近づくにつれて、見たくないものからうまく目を背ける方法も覚えた。すると、気持ちに余裕を持てるようにもなった。

だから、自分の性癖とちゃんと向き合おうと決意した矢先のことだった。

――「八木家」という偽りの家族が突然に崩壊したのは。

鈴原が高校に進学してしばらくした頃の、珍しく父親が在宅していた土曜日の午後だった。

浩輝が部屋で、遊びに来ていたクラブの先輩とキスをしているところを母親が目撃した。

当時の浩輝は中学二年生。母親にとって、十四歳は性的接触が許される歳ではない。しかも、浩輝とキスをしていた同級生の性別が、母親をひどく動揺させた。

『あの子に、無理やり酷《ひど》いことをされたんでしょう？　ねえ、浩輝。そうでしょう？』

声を引き攣《つ》らせて問い質《ただ》す母親に、浩輝ははっきりと否定を返した。

『違うよ。僕からしたんだよ』

『どうして……』

『好きだから』

『何……言ってるの、浩輝。だって、……だって、あの子は男の子よ？』

『知ってるよ、そんなの』

浩輝は笑い、実にあっけらかんとカミングアウトした。

『僕、ゲイなんだよ、ママ。ずっと前から、男しか好きになったことがないんだ。でも、べつに悪いことじゃなんだから、いいでしょう？』

一体、いつからそうだったのだろう。

ただ驚いて呆《ほう》ける鈴原の隣で、浩輝は悩みも戸惑いももうとっくに捨て去り、自分自身であることを真正面から受け入れているのだとわかる揺るぎのない声音を母親に向けた。

『――いいわけないでしょうっ！』

家中に響き渡り、鼓膜を凍てつかせる冷気を撒《ま》き散らしたそれは、鈴原が初めて耳にする母親の怒鳴り声だった。

父親は浩輝が打ち明けた性癖に理解を示し、庇《かば》った。しかし、保守的で潔癖な考えの持ち主だった母親は、一片の迷いもなく浩輝を断罪した。

『男の子は女の子としか付き合っちゃいけないの！　どうして、そんな普通のことがわからないの！　どうして！』

まるで魔女の絶叫のようだったその金切り声が、「八木家」という家族を切り裂いた。

『浩輝も、あなたも、おかしいわ！　あなたがそんなふうだから、普通の父親じゃないから
っ、浩輝がこんなにおかしな子になっちゃったのよ！　ふたりとも、もう二度と、彰史には
近寄らないでちょうだい！　この子は私がひとりで、普通の子に育てるわ！』

そう叫び、母親は戸惑う鈴原をつれて、実家へ戻った。元々、両親の夫婦関係は破綻《はたん》して
いたので、離婚はすぐに成立した。

そして、自分を取り巻く環境の急変に呆然《ぼうぜん》としているうちに、鈴原は「八木彰史」ではな
くなっていた。

不仲な両親が互いに発する寒々しさが、鈴原は嫌いだった。しかし、両親が嫌いだったわ
けではない。父親か母親のどちらかを選ぶのは辛かったけれど、同性愛を「普通ではない」
として一方的に糾弾する母親と一緒には暮らせないと思った。

鈴原は母親に内緒で父親に会いに行き、「お父さんたちといたい」と訴えた。すると、父
親は困ったように笑って「無理だよ」と首を振った。

『僕は仕事も忙しいし、子供をふたりもは引き取れない。お前は、母さんと暮らしなさい』

穏やかな声音で返されたのは、やわらかいのにとても強い拒絶だった。

それ以上、縋ろうという気がまったく起きないほどに。

鈴原は、とぼとぼと母親のもとへ帰るしかなかった。

その二日後、鈴原は母親と都内の賃貸マンションへ移り住んだ。すでに祖父母は他界し、長男である弟夫婦が継いでいた実家は、母親にはあまり居心地がよくなかったらしい。

そうして慌ただしく引っ越した新居には、ピアノがなかった。

『ねえ、彰史。ピアノ、ほしい？　ほしければ、買ってあげるわよ。ベーゼンドルファーでも、スタインウェイでも』

母親は祖父母から、過ぎた贅沢をしなければ働かなくても暮らしていけるだけの遺産を相続していた。

だが、鈴原は首を振り、それっきりピアノをやめた。ピアノを弾くことで浩輝や父親を連想させ、母親が自分にも嫌悪の目を向けるかもしれないことを恐れたのだ。

将来、ピアノで身を立てたかったわけではないので、特に後悔はしなかった。好きなＣＤを買えるだけの小遣いをもらえるだけで、十分だった。

無力な高校生でしかなかった鈴原が経済的に頼れる者は、もう母親だけだった。

母親に嫌われ、浩輝のように捨てられてしまうことが、怖くてならなかった。父親が離婚後すぐに再婚し、母親のときとは違って自らの意思で手にした新しい妻子を溺愛する一方で、浩輝にはほとんど無関心になったと知れば、なおさら。

だから、鈴原は、自分も同性愛者であることをひた隠しにした。

母親や、「お前は引き取れない」と断られて以来、一度も顔を見ていない父親にはもちろん、決して「ばらされるかもしれない」などと疑ったりはしていなかったものの、こっそり会い続けていた浩輝にも。

母親に対し、鈴原は毎日必死で「堅実で健全な普通の男」であり、「母親を失望させない、優秀ないい息子」であることを装った。結局は徒労に終わったが、もしかしたら性癖の矯正ができるかもしれない、と何人かの異性とつき合ったこともあった。

そんな状況下でも、鈴原は母親を憎みはしなかった。鈴原の胸の中には、自分を慈しみ、育ててくれた母親への愛情と感謝の念が、確かにあった。

だが、同性愛者の我が子を「おかしい」と誹《そし》り、いとも簡単に捨てた母親とふたりきりの生活は、毎日少しずつ、自身のアイデンティティーをすりつぶされているようでもあった。

『眉間《みけん》に皺《しわ》寄せると、幸せが逃げるんだぜ、兄貴。え？　ため息ついたら、だっけ？　まあ、どっちだって、いいじゃん。要は、笑ってるほうがいいってことなんだからさ』

『まぁた、そんな辛気臭い顔して。せっかく、俺より王子様顔なのに、台無しだろ。美味《うま》いメシ屋教えてやるから、笑えよ、兄貴！』

『親が離婚しても、こうやって学生の分際で寿司屋へ入って、好きなネタ注文できてるんだから、俺たちってすっげえ恵まれてるよな、兄貴』

『俺がいなくて寂しい夜は、月に向かって歌って、踊れよ、兄貴！　ハイになって、寂しくなくなるぜ！』

学校帰り、定期的に浩輝と待ち合わせ、あの底抜けの明るさに触れていなければ、おかしくなっていたかもしれないほど、母親しかいない家の中はどうしようもなく息苦しかった。

国立大学に進学したので、不況といえどいくつかあった選択肢の中から警視庁という就職先を選んだのは、そのせいだ。

母親には「人の役に立つ仕事がしたい」などといかにもなことを言ったが、本当は都内に実家があっても入寮を義務づけられる職業を選んだだけだ。母親の気分を害さずに、母親から離れられる大義名分がほしかったのだ。

胸の奥で静かに重く絡まり合うそんな鬱屈《うっくつ》した気持ちを、母親の前ではちゃんと押し殺せているつもりだった。一昨年《おととし》、母親が病で他界するまでは。

葬儀をすませた翌日、母親の主治医だった医師から遺書を渡され、鈴原は初めて知った。

唐突に突きつけられた未知の世界に混乱し、咄嗟に浩輝を酷い言葉で詰《なじ》ったばかりか、目を背け、突き放してしまったことに、母親がずっと抱いていた大きな後悔を。

なのに、謝罪し、受け入れる勇気がどうしても出ず、そのことで鈴原にまで必要のない重荷を背負わせているとわかっていながら、それを取り払ってやれなかった自分の心の弱さへの苦悩を。

浩輝宛にも謝罪の手紙を遺《のこ》していた母親の遺書は、こんな言葉で終わっていた。

――長い間、辛い思いをさせて本当にごめんなさい。もし、お母さんのことを許してくれるなら、人生を分かち合える素敵な彼氏と出会えたとき、どうかその人と一緒にお墓参りに来てください。

遺書を読み終え、鈴原は、母親の訃報を受け取った際、ほんのわずかでも解放感を覚えてしまったことを激しく悔やんだ。

それまでは、自分ばかりが辛いつもりだった。けれども、母親も同じくらい苦しんでいて、鈴原にはそれがまるで見えていなかった。

母親は、鈴原の苦しみをちゃんとわかってくれていたのに。

浩輝と二等分した遺産を頭金にして、母親と暮らしたマンションの部屋を買い取ろうかと考えた。しかし、結局、その頃仕事で知り合った、理不尽な事件によって夫を喪《うしな》い、音楽大学への進学を控えた双子の娘を抱えて途方に暮れていた被害者女性に、遺産のほぼ全額を匿名で寄付した。

休日に帰る場所がなくなっても、浩輝がいれば、そこが鈴原にとっての「家」になるので、そうするのが一番いい気がしたのだ。

母親への償いの意味もこめて、それから一年間は喪に服して過ごした。

一周忌をすませ、気持ちに区切りをつけたあと、鈴原は自分の心を偽らずに生き、自由に恋をしようと決めた。

だが、すぐに同性の恋人を得る難しさに直面し、鈴原は頭を抱えた。

初恋の影響で、鈴原の好みは「優しげな、年上のインテリ」だ。異性とつき合っていた学生時代は、よそ見をするのは相手に失礼だと思い、意図的に視界を閉ざしていたものの、きっと周囲を見渡せば、恋をしたくなる男はたくさんいただろう。しかし、二十九歳となった鈴原の周りにいる、そんな好条件の年上の男は、皆、既婚者だった。

そもそも、仕事中心の毎日では、出会うのは同じ警察官か、司法や事件、マスコミ関係者という、恋愛対象にしにくい者ばかりだ。その中から、既婚者ではなく、なおかつ同じ性的指向を持つ好みの年上を捜すのは、至難の業《わざ》だ。

かといって、立場上、ゲイタウンへの出入りは憚《はばか》られたし、一度も行ったことがないので、どんな店を選べば安全かもわからない。

そうやって悩んでいるうちに、また一つ歳を重ねて三十になった昨年末、鈴原はそれまで躊躇《ためら》っていたあることを決意した。

――浩輝への相談だ。

十代の頃は、弟に性的な相談をするのが恥ずかしかったし、そんな羞恥心が薄れてきた頃には、鈴原が就職して忙しくなったり、浩輝のほうはピアノの才能を開花させて留学したり、帰国後にはデビューが決まったりで、ゆっくり会える機会が極端に減った。

そうして、秘密にしている時間が長くなればなるほど、何となく話しにくくなり、よけいに口が重くなってしまった。

だが、人生の節目とも言うべき三十歳にもなって、恋愛のことでもじもじするのは馬鹿らしい。相談できる相手は浩輝しかいないのに、こんな調子で黙っていても、きっと恋人ができないまま、三十五になり、四十になるだけで、いいことは何もない。

浩輝から「会おう」と連絡がきたのは、そう自分に言い聞かせた直後だった。


「一目惚《ぼ》れをする瞬間ってさ、周りにどれだけ人がいようと、その中から好きになる相手がはっきり浮き上がって見えて、身体《からだ》に電流みたいなものが走るんだよな」

何度か連れてこられたことのある、ビールとワインの美味いスペイン料理店の個室でテーブルに着いてそろそろ三十分。

ふたりだとちょうど心地がいいけれど、三人だと少し窮屈な小部屋の窓を叩《たた》く雨音は、予想通り、だんだんと強くなっている。友利とのなれそめを語りながら、小海老のアヒージョをつまみに黒ビールを飲む浩輝の顔も、少し赤らみはじめていた。

浩輝と友利の出会いは約ひと月前。男女を問わず、同性愛者ばかりが集まるクリスマスパーティーで、ふたりはお互いに一目惚れをしたそうだ。

「兄貴はそういう経験、ないのか？　誰かと目が合った瞬間、ビビッときて、アドレナリンとかドーパミンがぶわっと噴き出たことって」

「一目惚れはないが、似たような経験なら、昔、一度した」

「どんな？　一目惚れじゃないけど、二目惚れとか？」

「いや。まだ交番勤務だった頃、花火大会の雑踏警備に出て、指名手配中の被疑者を見つけたんだよ。見つけた瞬間は、今、お前が言ったような状態になったな」

「はぁ？　何だよ、それ。期待したのに、色気のない話だな」

そう言って、子供のように唇を尖らせた浩輝の隣で、友利が鈴原を見てくすりと笑った。親しみのこもったやわらかい笑みで、嫌な感じはしなかった。

けれども、鈴原の眉間にはうっすらと皺が寄った。友利には何の非もないとわかってはいるものの、話したいことを話せないストレスがそうさせるのだ。

しかも、年上かと思った友利は、浩輝よりはひとつ年上だが、鈴原よりはひとつ年下の二十九歳だった。だからと言って、友利にはやはり何の落ち度もない。

頭では、ちゃんと理解している。しかし、それでも、「俺のときめきを返せ、この老け面《づら》め」という八つ当たりめいた感情が湧くのを抑えられず、そんな自分の器の小ささが情けなくなり、気を抜くとつい表情が渋くなってしまう。

「俺の話は、もういいだろう。今日の主役はお前たちなんだから」

鈴原は無理やり笑顔を作り、ワインを飲む。

「それより、よけいなお世話かもしれないが、お前たち、大丈夫なのか？」

「何が？」

「お前、いつまでアメリカにいなきゃいけないのか、わからないんだろう？」

「まあ、でも、いくら何でも、何年もってわけじゃないだろうし、休みをもらえたときには帰ってくるから」

それに、と浩輝は友利を見つめる。

「遠距離恋愛は、転勤族の検事を好きになった奴の宿命みたいなものだろ。今、慣れておけば、帰国したあと、櫂が地方へ異動になっても、すごく近く感じられていいと思うんだよ。国内なら、離れ離れでも、会いたくなったとき、その日のうちに会いに行けるんだから」

浩輝らしい前向きさに、友利の美貌が甘やかにほころぶ。

「俺も、国内なら、多少遠くても、浩輝のコンサートに行けるしな」

「べつに、無理して来なくてもいいって言っただろ。サックスとトランペットの区別もつかないくせに。俺のライブは、ソロばっかかってわけじゃないんだぜ？」

「似たような楽器の区別がつかなくても、浩輝のピアノの音がわかれば、それでいいじゃないか」

今はもうほぼ治ったそうだが、友利と出会ったとき、浩輝はぎっくり腰の治療中で、出演予定だった十数組のバンドやカルテットなどが参加しての年越しコンサートに出られなかった。年が明けてからは、作曲やテレビの取材が主な仕事だったため、友利は浩輝のライブにまだ行ったことがないという。

その代わり、浩輝は友利に自分のCDを聴かせたり、ジャズバーへ連れていったりしたようだが、どうやら友利には音楽を聴く才能があまりないらしい。

「サックスとトランペットが同じに聴こえるなんて、ホント、哀れな耳してるよな、お前」

鼻筋に皺を寄せながらも、浩輝はとても嬉しそうだ。

「なあ。兄貴もそう思うだろう?」

友利は浩輝の恋人であると同時に、検事だ。

まったくだ、と思いはしても、それを口には出しにくい。

黙ってただ笑った鈴原に、友利が「鈴原さんも、ピアノを弾かれるんですか」と問う。

「いえ、私はずいぶん昔にやめたので……。今は、聴くだけです」

「鈴原さんは、どんなピアニストがお気に入りなんですか?」

「有名どころだとアドルファス・アボットやキース・クロフですが、最近はテア・イソラとかケネト・エデーンなんかの北欧ジャズも好きですね」

「ひとりもわかりませんが、今、覚えました。今度、聴いてみます」

恋人の兄への社交辞令だろう美しい微笑みに、鈴原も「ぜひ」と愛想笑いを返す。

「おい。て言うかさ、櫂。アボットとクロフなら、何度もCD聴かせただろ?」

「そうだったか?」

「そうだ。大体、今、コンポに入れっぱなしで、俺が毎朝聴いてるの、アボットのアルバムだぜ?」

呆《あき》れ顔でグラスの中の黒ビールを飲み干した浩輝の言葉で、鈴原は、先ほど路上で友利を紹介された際、疑問に思いつつ聞きそびれていたことを思い出す。

継母との折り合いが悪かったこともあり、大学進学を機に父親のもとを巣立った浩輝は、今は渋谷のマンションで暮らしている。同棲をしているらしい口ぶりなので、友利が官舎を出て、浩輝のマンションに転がりこんだということだろうか。

浩輝には、高価なくせに悪趣味なインテリアや雑貨を集める癖がある。有名人とは言え、タレントなどではなく音楽家なので、同年代のサラリーマンより少し多い程度らしい収入のほとんどは、その悪癖に消えている。母親の遺産も、ガーゴイルだか何だかのゴシック調の奇妙なオブジェを買って一瞬で使い果たしていた。

だから、住まいは大して広くはない1LDKだ。しかも、ふたり暮らしが可能とは到底思えないほど、ごちゃごちゃしている。

「浩輝。お前、今も渋谷のマンションだよな?」

「あ、悪い。言い忘れてた。この前の土曜に、櫂のところへ引っ越したんだよ」

「私は官舎暮らしではありませんので、アメリカへは持って行けないピアノやほかの荷物ごと、浩輝を引き取ることにしたんです。幸い、いくつか空き部屋もありましたし」

聞いて、鈴原は眉を寄せる。

友利は、東京地検の公安部に異動して一年目だという。検察官は原則として二年ごとに異動を繰り返すので、来年の春にはどこか地方へ転勤になる可能性が高い。

「……ですが、もし浩輝のアメリカでの滞在期間が長引いて、その間に検事が異動になった場合、浩輝の荷物はどうされるんですか？」

「そのままにしておけます。賃貸ではありませんから」

検察官は国家公務員だが、まだ二十九歳なら地方公務員の鈴原と給料は大差ないはずだ。なのに、地方での勤務中は遊ばせておかねばならないことも気にせず、浩輝のあの大量の荷物を収める余裕のある部屋数のマンションを所有しているのだから、友利はどうやらかなりの良家の子息らしい。

「櫂が、俺の荷物を全部余裕で引き取ってくれるでかいマンションに住んでてくれたのもラッキーだけど、つき合いはじめてすぐにＢＺＯの話が来たんだから、俺にとって、櫂は幸運の女神みたいなもんだよな」

「そう言ってくれるのは嬉しいが、正直、その呼び方は嫌だ」

「じゃあ、『俺のミューズ』」

「『女神』も『ミューズ』も、意味は同じじゃないか。もうちょっと、俺のほうが年上だってわかる呼び名にしてくれ」

「愛に歳の差なんて、関係ないだろ。なあ、兄貴」

「これ以上、馬鹿馬鹿しい痴話喧嘩を聞かされるのなら、帰るぞ。砂を吐きそうだ」

冗談めかして告げた鈴原に、浩輝が陽気な口調で返してくる。

「メインがまだ出てきてないのに、帰ってどうするんだよ？」

四日前に浩輝からの電話を受けたとき、鈴原は嬉しかった。

話がしたい、と思ったときに浩輝がその時間を作ってくれて、自分たちは心が繋《つな》がっているような気がしたのだ。

その嬉しさは、ほんの一時間ほど前まで続いていたけれど、今あるのは侘《わび》しさだけだ。

もう早く帰りたい、と思いながら、鈴原はワイングラスを口もとへ運ぶ。

「まあ、そうだな……」

引っ越しをすませたあと、浩輝は友利と母親の墓参りに行ったという。

浩輝の歴代の恋人のことをすべて把握しているわけではないが、鈴原の知る限り、母親の墓前へ連れていったのは友利が初めてだ。

鈴原は、浩輝宛の母親の遺書を読んでいないので、そこに何が書かれていたのか、はっきりとは知らない。浩輝が、母親の墓前で友利をどんなふうに紹介したのかもわからないけれど、目の前のふたりが互いに深く思い合っているのは確かだ。

浩輝が仕事で大きなチャンスを得たことはもちろん、いい恋人ができたことを祝いたいと思う。だが、そんな気持ちを、心の奥底で大きくなる寂しさや疎外感が凌駕《りょうが》してゆく。

今もそう呼べるのか定かではない父親は、再婚相手と、その間にできた子供を溺愛しているらしいので、二十年近く会っていない鈴原のことなど、もうきっと思い出しもしないはずだ。物心がついたときからずっと、心のよりどころだった浩輝にはいい恋人ができ、その男は兄である自分よりも大切な存在になっているようだ。

――自分だけ、ひとりぼっちだ。

浩輝と友利のじゃれ合いをぼんやりと眺めながら、強い孤独感を覚えたとき、部屋の扉が叩かれた。

浩輝の返事で、顔なじみのスタッフが中に入ってくる。今晩の食事のメインに注文したイベリコ豚の炭火焼ステーキが載った皿が、テーブルの上に手際よく並べられる。

ありがとう、と礼を言った浩輝に、スタッフがどこかすまなそうな苦笑を向ける。

「八木さん。申し訳ないんですけど、お帰りの際、お客様とのお写真を一枚、お願いできますか？　一階席に八木さんの大ファンだとおっしゃる方がいらして、先ほどのご入店の際に気づかれたようで……」

「写真くらい、今でもいいよ。帰り、何時になるかわからないし、それまでわざわざ待ってもらうのは悪いから」

気安くそう答え、浩輝は席を立つ。

「ちょっと行ってくるから、兄貴たちは先に食べててくれ」

スタッフの案内で浩輝が部屋を出たあと、閉まった扉を見やって友利がふと微笑む。

「彼のああいう、誰にでも親切で裏表のないところ、本当に気持ちがいいですよね」

「ええ。少々、能天気すぎるところが玉に瑕《きず》ですが」

「そういうところも、私はとても好きです」

肉親の特権として冗談混じりに嘆いてみせると、友利は予想外の真摯《しんし》な声音を返してきた。

「職場で嫌なことがあったり、陰惨な事件を扱って気が滅入ったりしても、浩輝と一緒にいれば、きっとあの突き抜けた明るさに救われるでしょうね」

友利は、視線をゆるやかに鈴原へ流して笑んだ。

息を呑むほどの美貌なのに冷たい雰囲気がないせいか、仕種《しぐさ》のいちいちがなまめかしい男だ、と鈴原は思った。

「私はまだ、そういう経験はありませんが、鈴原さんはおありですか?」

もちろんあるが、鈴原が救われたのは、仕事で辛かったときではない。

本来なら、この世で最も安心できる場所であるはずの家の中が寒くてたまらなかったとき、初恋をあっけなく失い、悲しくて泣きそうだったとき、母親との関係に悩み、心が押しつぶされそうになったときだ。

しかし、そんな事情を説明することなどできず、鈴原は「ええ」とだけ短く答える。

「私は今まで一目惚れをしたことがなかったので、外見を好きになって始まる恋というものに対して、どちらかというと否定的でした。ですが、浩輝に一目で惹かれて、恋とは色々な始まり方をするものだということが、今回よくわかりました」

その秀麗な顔は凛《りん》としていて、そう感じさせる要素は何もないが、友利は酔っているのかもしれない。妙に陶酔した目で浩輝の席を見つめ、聞いているだけの鈴原を赤面させるような言葉を滔々《とうとう》と紡ぐ。

「浩輝の内面には外見以上の魅力を感じますし、それを知れば知るほど絆《きずな》も深まっていく気がします。浩輝とは、どんなに離れていても、互いを尊重し合える関係をずっと上手《うま》く続けていけると思っていますから、鈴原さんに認めていただけて本当によかったです」

まるで、「お嬢さんを一生大切にします」と結婚の挨拶に来た男のようだ。

そう思った瞬間、ふいに、自分の人生から浩輝を取り上げられてしまうような錯覚に襲われ、ナイフを取ろうとした指先が小さく跳ねる。

「……浩輝は未成年ではありませんので、つき合うのに家族の許可は必要ないと思いますが」

「まあ、それはそうですが、でも、ご家族の方公認でつき合えるほうが嬉しいです」

やはり、友利は酔っているのだろう。

鈴原の声が孕《はら》んだ棘《とげ》にはまるで気づかない様子で、あでやかな笑みを向けてくる。

「それにしても、こう言っては失礼かもしれませんが、鈴原さんは刑事とは思えない綺麗な手をされていますね」

検察官や裁判官には、司法試験に合格さえすれば誰でもなれるというわけではない。司法研修所で優秀な成績を収めた、一握りの者にしか選ぶことが許されない狭き道だ。

そんな法曹の中のエリートだという自負がそうさせるのだろうが、鈴原の知る検事には、刑事を見下し、威圧的な態度を取る者が多い。

しかし、友利は違う。

どこにも嫌味がない物腰は穏やかで、洗練されている。

そして、検事なのだから、文句のつけようのないインテリだ。

もし、友利が見た目通りの年上で、こんな出会い方をしなければ、きっと好きになっていた気がする。

けれども、友利は年下で、何より浩輝の大切な恋人だ。

好みの要素が多分に入っているにもかかわらず、絶対に恋愛対象にはならない男だ。

しかも、浩輝は来週には渡米するのだから、今晩を逃せばもうゆっくり会うことはできないのに、鈴原がしたかった相談事の邪魔をした。そのあげく、鈴原から、たったひとりの家族である浩輝を取り上げようとしている。

そんなことをつらつらと考えていると、幸せそうな顔で酔っ払っている年下の検事に対して、だんだんと腹が立ってきた。

鈴原は昨年、警部補昇任試験に合格している。

警察では、昇任と部署異動は常にセットだ。

まだ内示はないが、辞令が交付され、実際に警部補へ昇任する再来月にはおそらく、どこかの所轄へ移ることになるだろう。

一方、友利は、あと一年は東京地検の公安部から異動しないはずだ。

被疑者の取り調べをおこない、起訴・不起訴を決める刑事部や、裁判を担当する公判部の所属ならともかく、公安部で主に外事関係の捜査に携わっているらしい友利と、所轄署の一刑事が、今後、仕事で関わり合う可能性は限りなく低い。

もちろん、プライベートで会う気もない。

ならば、今、胸のうちでうずまいている感情を優先させても、問題はないだろう。

そう打算を働かせ、鈴原は脂の乗った肉を切りながらごくそっけなく「どうも」と応じる。

「ですが、男にとっても、刑事にとっても、無用の長物ですので、褒めていただいても嬉しくはありませんが」

「それは失礼しました」

嫌味も通じないほどに酔っているのか。あるいは、幸福感に溺《おぼ》れているせいで、多少の非礼では腹も立たないのか。

友利は美しい笑みをまったく崩さず、やわらかな声音で鈴原に詫《わ》びた。

2

駅の北口を出たとたん、きつい西日に虹彩を刺され、鈴原は双眸を細めた。

あと数分で夕方の五時という時刻だが、降りそそぐ陽射《ひざ》しは肌に痛みを感じるほど強烈で、こめかみに一瞬で汗が滲《にじ》む。押収品入りのボストンバッグが妙に重くなった気がして、小さく息を落とした鈴原のそばで、二階堂《にかいどう》が「うひぃ」と盛大に顔をしかめる。

「あー。やっぱ、東京は暑いっすねえ、係長」

ネクタイをゆるめた首もとを大きな肉厚の手であおり、二階堂がげんなりと言う。

「できれば、あと二、三日、福井で涼んでいたかったです。海鮮丼もすいかもおろしソバも、めちゃくちゃ美味かったですし」

八月に入ったばかりの先週、鈴原が係長を務める警視庁町田《まちだ》中央署《ちゅうおうしょ》刑事組織犯罪対策課強行犯係は、梅雨《つゆ》明けから管内で連続して発生していた強盗傷害事件の被疑者を逮捕した。係の中では最年少の、二階堂の手柄だった。深夜、小腹が空《す》いてコンビニへ買い物に行った帰路で偶然、事件現場に遭遇したのだ。

被疑者は奪い取った金品のうち貴金属類は、足がつくのを恐れて、逮捕の三日前に地元の福井のリサイクルショップへまとめて持ちこんだと供述した。得た金は地元の仲間と飲み歩いて一晩で使い果たし、新たな犯行に及んだとのことだった。その供述の確認と証拠品を押収するため、鈴原と二階堂は福井で五日間の出張捜査をおこなった。

二十六歳の二階堂は普段、そろそろ四十に手が届くベテラン巡査部長の波平《なみひら》と組んでいる。しかし、波平は今、ヘルニアの手術を受けて入院中で、ほかに五名いる部下たちもそれぞれ、自分の担当事件で手一杯だった。

まだ未熟な二階堂をひとりで福井へ送りこむわけにもいかず、結局、一番融通のきく状態だった鈴原が暫定的な相棒にならざるを得なかった。

すでに売られてしまっていた何点かの行方《ゆくえ》を追い、回収する作業はなかなか骨が折れたものの、福井は確かに涼しかったし、食事がとても美味かった。

「まあ、否定はしないが、そういうことは課長の耳がある場所では口にしないよう、気をつけろよ。せっかく手柄をあげたのに、睨《にら》まれたら元も子もないぞ」

「わかってますって。こんなクソ暑いときに、十秒聞いただけで頭の中が粘りついて、腐りそうになるあのネチっこい嫌味攻撃は、受けたくありませんから」

眉間に大げさな皺を刻んで首を振った二階堂に苦笑を返し、鈴原は揺らめくかげろうの中へ歩を進める。

その隣に、二十代にしてはやや締まりのない二階堂の長身が並ぶ。とたん、気のせいではなく、二階堂が立つ側の空気がほのかに汗臭い熱を孕む。

「……二階堂。お前、またちょっと太ったか？」

「あ、わかります？　三キロほど。最近、コンビニスイーツにはまってて」

「太りすぎると、課長にマイナス評価をつけられるぞ。少しは絞れ」

「でも、今回の俺の手柄は、夜中にどうしてもビッグ・モンブラン・シューが食べたくなったおかげですよ？　それに、体重があったほうが、ホシを押さえこむときにも断然有利ですしね。そんなわけで、この体型はちゃんと仕事の役に立ってます」

反省するどころか、自慢げに胸を張った二階堂は、正義感も警察への忠誠心も人一倍あるものの、なかなか出世しにくい質《たち》の男だ。両親と四人の祖父母からちやほやと甘やかされて育ったひとりっ子だからか、どうにも我慢が足りず、切れやすいのだ。

態度の悪い被疑者にはもちろん、捜査中に周りをうろちょろするマスコミにもすぐ激昂《げっこう》する。自身の犯した罪や、捜査妨害を棚に上げ、「警察権力の横暴だ！」などと返された日にはさらに激しくいきり立ち、問題を起こしかけたことも数えたらきりがない。

そのつど課長の、ときには署長直々《じきじき》の厳重注意を受け、始末書を書くはめになるが、二階堂がめげることはない。いつも、翌日にはけろりとした顔で勤務についている。

毎回、処分を穏便にすませてもらえるよう、方々に頭を下げなければならない身としては、辛いものがある。しかし、鈴原は二階堂が嫌いではなかった。

馬鹿と紙一重の前向きさが、浩輝と似ているからだ。

「病気にならないよう、ほどほどにしろよ」

響きわたる蟬《せみ》の声に鼓膜をつんざかれながら十分ほど早足で歩き、署へ辿《たど》りつく。

三階にある刑組課のオフィスへ入った扉口で、鈴原は立ち止まり、はずしていたスーツの上着のボタンを留める。

「二階堂。押収品、鑑識へ回してくれ。俺は、課長に報告に行ってくる」

了解、と頷いた二階堂にボストンバッグの中の証拠品を渡し、鈴原は課長の宮ノ木《みやのき》のもとへ向かう。五時十五分の定時きっかりに退庁したいのか、やけにうわの空な様子の宮ノ木に簡潔に報告をすませ、鈴原は自分のデスクへ戻る。

強行犯係の捜査員たちは、ほぼ出払っていた。今、在席しているのは、出張捜査の報告書を書いている二階堂と留守を任せていた小竹《こたけ》のふたりだけだ。

五日ぶりの椅子に座ると、ノンフレームの眼鏡《めがね》がよく似合う細面《ほそおもて》に笑みを浮かべた小竹が「お疲れ様でした、係長」と缶コーヒーを差し出してきた。

鈴原は礼を言ってそれを受け取り、プルタブを引く。ふわりと鼻孔をかすめた香ばしい匂いに、しらずしらず頬がゆるんだ。

春の人事異動で本庁の捜査一課から、この町田中央署へ転属になり約半年。

町田中央署は署員数が五百名を越す大規模署だ。与えられた部下は七人。そのうち四人は年上だったが、下手《へた》に媚《こ》びずに堂々としていたのが功を奏し、特に摩擦もなく上手くやれている。部下たちの話では、「花の捜査一課」に憧れていたのに、呼ばれる機会もなく五十を過ぎてしまったという課長の宮ノ木から、事あるごとに理不尽な絡まれ方をするのが悩みと言えば悩みだが、我慢できないほど酷くはない。

宮ノ木の存在に目をつぶりさえすれば、鈴原にとって町田中央署は、警部補としての経験を積むのになかなかいい場所だった。

同じ大規模署でも、新宿署や池袋署の管内で起こるような派手な事件はあまりないけれど、常に二桁の事案を同時進行で抱えなければならない忙しさも気に入っている。

あの冬の夜、鈴原は結局、浩輝に話したかったことを何も話せず、どこでどうやって同性との出会いを求めればいいのかわからないままだ。相変わらず恋人がいないどころか、同性愛者だという胸に抱えた秘密を分かち合える友も家族もいない日々を送っていると、時折ふと、強い孤独感に苛《さいな》まれる。そんな侘しさを、たとえほんの一時でも忘れさせてくれるのが、この署での目まぐるしい忙しさだ。

「留守中、変わったことはなかったか？」

尋ねた鈴原に、小竹が唇の端をにんまりとつり上げる。

「一昨日、課長の家の猫が子供を産んだらしくて。課長、このところは一日中、携帯をのぞいて、鼻の下伸ばしてますよ。こんな調子じゃ、しばらくは子猫にめろめろするでしょうから、課内をパワハラ巡回する暇はなさそうな雰囲気です」

「それはめでたい朗報だな」

「でしょう？　あ、でもですね、係長の出張中に新しい検事が来たんです。岡本《おかもと》検事が弁護士に転職するとか何とかで急に辞めて、その後任に」

言って、小竹はなぜか眉をひそめ、声を低めた。

「係長と同年代くらいの男の検事なんですが、これがもう面倒臭い難物で」

「難物？」

「ええ。送致した事件のいちいちに、確固たる証拠に欠けるだの、事実の解明が不十分だのって、やたら細かい捜査指示を出してくるんですよ」

送致した事件について補充捜査を命じられることはべつに珍しくないが、小竹の話ではその検事は証拠の盤石性へのこだわり方が異様なまでに神経質らしい。

「それだけならまだしも、エリート意識がフォアグラ並みにぱんぱんに肥大していて、とにかく度を超した上から目線の命令口調なんですよねえ、いつも。しかも、腹の立つことに、そういう高慢ちきなお貴族様的態度が妙に似合う『超』のつく美形なものですから、着任早々、あっちこっちで敵を作りまくってますよ」

「何て検事だ？」

「友利です」

どこかで聞いた音の連なりだと思った瞬間、脳裏である記憶が閃く。

「……下の名前は？」

小竹は記憶をたぐるように視線を揺らしたが、すぐに「忘れました」と思い出すことを放棄して肩を竦めた。

「何だかやたらと画数の多い、一文字の名前だったような気がしますけど」

「そう、か……」

「気になるなら調べますが、でも、下の名前がどうかしました？　もしかして、係長の知り合いですか、友利検事」

そうありふれてはいない「友利」という名字に一文字の名前。そして鈴原と同年代らしい年齢に、「超」のつく美形――。

その新しい検事は鈴原の知る弟の恋人と共通点が多いものの、性格は真逆のようなので、もしかしたら同姓の別人かもしれない。浩輝に紹介された夜、もう二度と会わない心づもりで、ひどくそっけなくあしらった手前、そうであってほしい。とても。

だが一方で、もしかしたら、という思いも湧く。仕事とプライベートで別の顔を持つ者は多いし、公務員には突発的な異動がつきものだ。ただ、万が一、その性格の悪い友利があの友利と同一人物なら、よけいに「そうだ」などとは言えない。

鈴原は「いや」と首を振り、適当な嘘《うそ》のごまかしをつけ加える。

「一瞬そんな気がしたが、違った。俺が知ってる似たような検事は、友利じゃなくて、確か友枝《ともえ》だった」

「名前が似てて、職業まで同じだと、性格のゆがみ方まで似るんですかね」

小竹の冗談に「かもな」と笑みを返し、鈴原は自分も出張報告書に手をつけながらぼんやりと浩輝のことを考えた。

渡米の日、見送りくらいはしたかったけれど、どうしても時間が取れず、浩輝とは友利を紹介されたあの冬の日以来、会っていない。

浩輝のほうも、向こうでの仕事や人間関係に慣れるのに必死のようで、ニューヨークに無事到着したと短いメールで知らせてきたきり、ずっと連絡がなかった。

だから、本庁から町田中央署へ異動になったことを知らせていない。今晩にでも、近況報告ついでに友利の現在の所属部署を確かめてみようと思った。

雑な字だが簡潔で的確な報告書を提出しに来た二階堂が独身寮へ帰ったのと入れ違いに、外へ出ていた部下たちが戻ってきた。ひと組は傷害容疑で逮捕した若い女の被疑者を連行してきた。恋人を寝取った会社の後輩とオフィスで派手な喧嘩をしたあげく、相手の顔を何ヵ所も爪で引っかき、傷を負わせたという。

各組からそうした捜査報告を受けたり、雑用を片づけたりするうちに、午後七時を過ぎる。恋人も家族もいない身では、早く帰りたい理由も特にない。女の取り調べが終わるのを待っていたとき、プライベート用の携帯電話が鳴った。

ちょうど連絡しようと思っていた浩輝からだった。

ニューヨークは今、明け方のはずだ。そんな時間にメールではなく、わざわざ電話をかけてきているのだから、急用かもしれない。

鈴原は携帯を持ってオフィスを出て、ひとけのない非常階段へ移動する。

『兄貴～？　俺、俺ぇ』

耳に届いた陽気な声には、深酔いをしている者独特の奇妙な抑揚がついていた。背後も音楽や歓声が入り混じって、やけに騒がしい。聞くと、バンドメンバーの誕生日パーティーが夜通しで続いているのだという。

『そんなことよりさぁ、兄貴に今すぐきいてほしいお願いがあるんだよ。俺のお願い、きいてくれぇ！　お願い！』

「何だ？」

語尾をぴょんぴょんと跳ね上げて、浩輝が声を大きくする。

『日本《そっち》で俺についててくれた前の前の前のマネージャーの旦那さんがぁ、スピード違反で捕まっちゃったんだって。ついさっき、明治通りで』

嫌な予感がして、鈴原は眉をひそめる。

「……で？」

『も〜、みなまで言わせるなよ、兄貴ぃ。水臭いだろ。前にも切符切られてるから、今度は免停になっちゃうって困ってるんだよ。助けてやってくれよ、お願い！　この通りぃ！　兄貴なら、何とかできるだろ〜？』

ニューヨークの時間が時間だったこともあり、一体、どんな急用かと心配したぶん、半年ぶりの連絡の内容がこれか、とむっとした。

「できるか、馬鹿！」

思わず怒鳴った鈴原に、浩輝は遠い海の向こうから「俺をデビューさせてくれた恩人なのに」だの、「俺のこと、テレビにすげえ一所懸命売りこんでくれた恩もあるんだぜ」だのと、だだをこねた。

『その人がいなきゃ、俺のＣＤはこの世に存在しなかったかもしれないんだぞぉ！　何とかしてくれよぉ、兄貴』

お願い、お願い、と即興で節をつけているらしい「お願いの歌」が聞こえてきて、鈴原は深く息をつく。

浩輝の頼みはなるべくきいてやりたいが、免停のもみ消しなど論外だ。

「できないものは、できない。いつまでも飲んでないで、さっさと帰って寝ろ、この酔っ払い」

鈴原はぴしゃりと「お願いの歌」を撥《は》ねつける。ほかに用もないふうだったので、返事が聞こえてくる前に電話を切った。

そして、ふと友利の件を尋ね忘れていたと気づいた直後だった。

もっと遥《はる》かに重要なあることを思い出し、鈴原はもう少しで叫ぶところだった。

四日後の金曜、鈴原が一番好きなジャズ・ピアニストのアドルファス・アボットの来日ライブが都内でおこなわれる。その日は、父親が倒れて瀕死状態だと嘘をついてでも定時に上がり、ライブに行くつもりだったのに、肝心のチケットをまだ買っていない。日々の忙しさにかまけて、すっかり忘れていたのだ。

慌てて確認をしてみたが、チケットはもうとっくに完売していた。

アボットは、日本では浩輝と同じレコード会社からCDを出している。一瞬、浩輝に頼んでみようかと思ったが、「代わりに、さっきの件をヨロシク」と言われそうでやめた。

今回は諦《あきら》めるしかない、と自分に言い聞かせたものの、楽しみにしていたライブだっただけに滅入ってしまう。

とたん、出張疲れが肩に重くのしかかった。

小さく息をつき、とぼとぼと戻ろうとしたオフィスから小竹が飛び出してきた。

「係長、下小山田町でコンビニ強盗、常盤《ときわ》町の料亭で強姦未遂です」

どうやら、落ちこんでいる暇などなさそうだ。鈴原は足を速め、二階堂を呼び出す電話をかけた。

常盤町の強姦未遂事件のほうは、すでに被疑者の身柄が確保されているとのことだったので、そちらには小竹と二階堂を向かわせた。

二階堂はまだ未熟な点も多いが、ほどよい「ぽっちゃり感」が親しみやすさとなっているのか、意外なほど女性受けをするため、性犯罪捜査のときには重宝する。

鈴原は他の部下たちと下小山田町の現場に臨場し、強盗事件の初動捜査の指揮を執った。そちらが一段落した午後十時過ぎ、強姦未遂事件の被害者・墨田花枝《すみだはなえ》が検査と治療を受けている病院へ赴いた。

三十三歳の墨田は中堅の総合インナーメーカー「グレッチェン」の社長令嬢で、会社の総務部長を務めている。

二階堂から身元の報告を受けた際、親が捜査に口を出してくると厄介《やっかい》だと思ったが、墨田は事件を会社の人間にはもちろん、家族にも絶対に知られたくないと強く訴えたそうだ。

「何でも、家族関係が複雑で、犯罪被害に遭ったことを知られれば、それを責められるかもしれないから、と。実際、痴漢に遭った高校生のとき、そうだったようで、何度も情報を漏らさないでくれと念押しをされましたよ」

ロビーで鈴原を出迎えた二階堂が、少し疲れた顔でそう言った。

二階堂は事件現場から墨田に付き添い、ひとりでその対応に当たっていた。当初は知能犯係から応援に来てくれた女性刑事も一緒だったが、墨田が「女の刑事さんは嫌だ」と拒んだのだ。件《くだん》の痴漢事件を担当した女性刑事に「そんな短いスカートをはいてたあなたも悪いのよ」と暴言を吐かれたことが、トラウマになっているらしい。

ご苦労だった、と二階堂を労《ねぎら》い、鈴原はロビーのベンチに腰を下ろす。

二階堂もその隣に座る。幸いにも墨田はごく軽傷で入院の必要はなく、もうそろそろ診察も終わるそうだ。二階堂は現場や、病院までの車中ですでに簡単な聴取をしており、墨田を待つ間、その報告を受けた。

事件現場での墨田は当然ながらショックを受け、混乱している様子ではあったが、捜査には協力的だったそうだ。

「被害当時に着ていた服も、嫌がらずに証拠品として提出してくれましたしね」

「着替えはどうしたんだ?」

「親友だという女友達が持ってきてくれました。ガイシャはその友人にだけ連絡をしていて、事情聴取が終わり次第、彼女がガイシャを家まで送っていくそうで、あ――」

言いかけて、二階堂が立ち上がる。その視線の先には、ふたりの女が立っていた。

彫りが深く、ややきつめに整った顔立ちをした女を二階堂が視線で指し、「あの薄緑のワンピースを着ている女性が、ガイシャです」と小声で囁《ささや》く。

つき添っている女友達が運んできたというワンピースを纏う墨田は中背で、とても肉感的な体つきをしていた。有り体に言えば「太り気味」ではあるものの、極端な肥満体ではない。胸は大きく張り出しており、腰もくびれている。

それに、美人だ。モデル体型の女にしか興味がないという男以外には、きっと魅惑的に見えるだろう。

事情聴取は、病院の駐車場に停めてある捜査車両の中で鈴原がおこなうことにした。

「同じことを何度もお訊《き》きして申し訳ありませんが、被害状況の確認をさせてください」

墨田は小さく「はい」と応じ、話を始めた。

「三沢《みさわ》に、仕事のことで相談があると言われて……」

被疑者の三沢琢馬《たくま》は「グレッチェン」の総務部に勤務する二十六歳の派遣社員で、墨田にとっては部下にあたる男だ。

「正直、三沢はあまり仕事ができる人間ではありません。そのため、私は三沢をよく叱責《しっせき》しておりましたので、三沢が私にいい感情を持っているはずがありません。なのに、わざわざ私に、どうしても至急、内密に話したいことがあるととても深刻な顔で告げてきたので、個人的なことではなく、会社に関わる重大事ではないかと思ったんです」

墨田は、伏し目がちにそう語った。

「とはいえ、三沢とふたりで会っているところを会社の人間に見られたくなかったので、会社から離れたあの店の個室で話を聞くことにしたんですが、もっと警戒すべきでした……」

「あなたには何も非はありません。どうか、ご自分を責めないでください」

無言で浅く顎を引き、墨田は気丈に話を続けた。

「部屋に入ったとたん、会社では大人しい三沢が、突然別人のような粗暴な言葉遣いで私を罵《のの》り、襲いかかってきました。私、男の人からあんな酷いことを言われたの初めてで、驚いたのと恐ろしかったのとで、身体がまったく動かなくなってしまって……。頭の中が真っ白になって、声もでませんでした」

だから、と墨田は膝《ひざ》の上でぎゅっと手を握り、一瞬声を詰まらせる。

「逃げたり、助けを呼んだりなんて、とてもできなくて……。あの方たちが部屋を間違って入ってきてくださらなかったら、今頃、どうなっていたか……」

あの方たち、とは、通報者の六十代の夫婦だ。

常盤町の料亭「薊屋《あざみや》」で夕食を楽しんでいた彼らは、墨田たちと同様、二階の個室座敷を利用していたが、途中で共にトイレに立ったあと、うっかり別の部屋へ入ってしまった。

そして、そこで、三沢が墨田の腰の辺りを踏みつけ、ベルトで打ち据えているところを目撃したのだ。

発見時、墨田は三沢のネクタイで猿ぐつわをされ、両手を自身のストッキングで縛られた格好で、必死で脚をばたつかせてもがいていたそうだ。三沢はその場で、発見者の夫や駆けつけた店員らによって取り押さえられ、墨田は決定的な暴行を受ける前に助け出された。

墨田が負った精神的な傷の大きさは、男である鈴原には計り知れないが、発見が早かったおかげで、身体的には手首や背中に軽い内出血をした程度ですんだ。

それはまさに不幸中の幸いだが、二階堂の報告によれば、肉づきのいい墨田に対し、三沢はガリガリに痩《や》せていて、男らしい逞《たくま》しさなどまるでない男らしい。現場も一流とは言えない料亭の座敷で、ホテルのような完全な密室ではない。

なのに、どうして、されるがままだったのか、と二階堂は疑問に感じたという。

言葉遣いや表情にかなり気を遣った上で尋ねたらしいが、墨田にとってはその質問自体が不愉快なものだったに違いない。だからこそ、鈴原には「怖くて動けなかった」、「驚いて声が出なかった」と、訊かれる前に抵抗できなかった理由を告げたのだろう。

すでに二階堂が確認しているし、墨田もこうして自ら供述したのだ。

鈴原はその点に関してはこだわらず、次の質問に進んだ。

「辛いことを思い出させてしまって申し訳ありませんが、三沢がどのような言葉を使ったのか、具体的に教えていただけますか？」

意識的に穏やかにした声音で問いかけると、墨田はうつむいてゆっくり唇を動かした。

「メス豚、淫乱、肉壺女……」

羞恥と屈辱のせいだろう。

答える墨田の赤く染まった頰は、滲み出る汗で淡く光っていた。

「もっと色々、言われたと思うんですけど、あとはよく覚えてなくて……。すみません」

「いえ。大変な目に遭われたんですから、記憶が曖昧《あいまい》になっていて、当然です」

いくつかべつの質問をして墨田の聴取を終えたあと、鈴原は署に戻り、三沢の取り調べをおこなっていた小竹から報告を受けた。

三沢は最初に「いつも怒られてる腹いせに、部長を襲いました。一度仕返しができれば、あとのことはどうでもよかったので」と容疑を認めたきり、ずっと押し黙っているらしい。

「あとのことはどうでもいいって、ずいぶん投げやりだな。まだ二十六だろう？」

「ガイシャから聞いた話じゃ、三沢はかなりの変わり者だったみたいですから。とにかく、他人とのコミュニケーションが下手な男らしくて」

地蔵相手の取り調べに困憊《こんぱい》したふうに、小竹は眉間をもみながら言った。

「大体、動機もまったくの自分勝手な怨恨ですしねえ。精神年齢が実年齢よりもかなり幼稚なんでしょう」

鈴原が取り調べをしても、三沢は黙秘を通した。

聞いていた通り、三沢は顔つきも体つきもひどく貧相な痩せた男で、上司を襲う度胸があるようには見えなかったものの、本人が容疑を認めている上に、目撃者も複数いる。送致を迷う要素はどこにもなかった。

三沢を翌日、朝一番に地検の町田支部へ送致することを決めたあとは、一旦、部下たちを帰宅させるつもりだったが、結局、そんな余裕はできなかった。ほかにも二件の事件が立て続けに発生し、その対応に追われたのだ。

気がつくと、空がすっかり明るくなっていた。

当直だったわけでもないのに夜通し捜査に駆けずり回ったからと言って、代わりの休みが与えられるわけでもない。

各自、短い仮眠を取って、通常通りの始業時間を迎えた。

朝から肌が焦げつくように陽射しがきつかったその日は、息をするのも億劫《おっくう》なほどの猛暑となった。体力を持て余している二階堂以外は皆一様に、気温が上がっていくにつれて、口数が少なく、無愛想になっていた。

「ですから！　お言葉ですが、こっちが送った捜査記録、全部読まれてないんじゃないですかねえ！」

それは、昼過ぎに昨夜のコンビニ強盗の地取り捜査から戻ってくるなり、鈴原の耳に届いた小竹の怒声だった。

見ると、睡眠不足による疲弊に暑さで追い打ちをかけられたにしても、不機嫌が過ぎる態度で小竹が内線電話の受話器を握っていた。

「三沢の自供だけじゃなく、現場を目撃した証人もいるんですよ。何がそんなに――、え？　あ、ちょっと！　もしもし、もしもーし？　くそ、切りやがった」

小竹は忌々《いまいま》しげに舌打ちをして、受話器を叩きつけた。

係の中では一番温和だと思っていた部下の、今まで目にしたことのない荒れ方に鈴原は少し驚いた。

「小竹、どうした？」

昨日の缶コーヒーの礼に、小竹の好きなほうじ茶のペットボトルを差し出して問う。

小竹はばつが悪そうな苦笑を浮かべてから、大きなため息を落とす。

「今朝、送致した常盤町の強姦未遂の事件《ヤマ》、これじゃ起訴できない、っていちゃもんつけられたもので」

電話での口論で喉《のど》が渇いたのだろう。小竹はそこまで言うと「いただきます」と頭を下げてペットボトルの蓋《ふた》を開け、中身を一気に半分ほど飲んだ。

「どうしてだ？　三沢が、自白を撤回したのか？」

「いえ。地検《あっち》でも、自分がやったとだけ言って、あとはダンマリだったようです」

「じゃあ、何が問題なんだ？」

「それを説明するから、今すぐ来い、だそうで」

「ずいぶん横柄だな」

町田中央署の道路を挟んだ向かい側にある東京地検町田支部には、五人の検事がいる。それぞれが大なり小なり警察を見下した言動を示すなかなかに嫌味な検事揃《ぞろ》いだが、そこまで頭ごなしの命令をしてくるような尊大な者がいただろうか。

誰だ、と問おうとして、鈴原はふいに思い出す。

昨夜続いた事件のせいですっかり頭の中から抜け落ちてしまっていた「性格の悪い友利検事」のことを。

「それ、例の新しい検事か」

「ええ。友利検事です」

小竹はひどく不快げな表情で頷いた。


鈴原は、友利を嫌っているらしい小竹の代わりに東京地検町田支部へ赴いた。

三沢の事件の担当者は小竹だが、そうするに足る十分な証拠が揃ったと判断し、送致を決めたのは強行犯係の責任者である鈴原だ。だから、捜査に不満があるらしい検事の話は自分が聞くべきだ、と思ったのが一番の理由だ。

けれども、それとはべつに、個人的に確かめたいこともあった。

――性格をのぞいて共通点の多いブラック友利とホワイト友利は、同一人物かどうか。

別人であってほしい、と鈴原は強く願った。

しかし、検事室の扉のプレートには「検察官検事　友利櫂」と書かれており、入室し、執務机の向こうに座る男と目を合わせた鈴原は内心で天を仰いだ。

今日の猛暑をまるで感じさせない優雅さで三つ揃いを纏い、冷然とした威圧感を放ってそこにいたのは、確かに浩輝の恋人だった。あの夜、無駄にふりまいていたフェロモン混じりのやわらかな雰囲気などどこにもなかったが、間違いない。

「町田中央署刑組課強行犯係長の鈴原です」

友利の執務机の前に立ち、鈴原は名刺を差し出す。

そうすべきか少し迷ったが、所属が変わってから会うのは初めてだし、同席している事務官の目もある。あんな出会い方をしたのだ。ふたりきりならともかく、この場では面識のないふりをしたほうが無難な気がしたのだ。

「昨日まで出張で留守にしておりましたので、ご挨拶が遅れまして申し訳ありません」

「あの署の強行犯係長は若いと聞いていましたが、確かにお若いですね」

眉ひとつ動かさずに名刺を受け取った友利の態度は、ごく淡々としていた。

とても鈴原との再会を歓迎しているふうではないので、公私混同をして馴《な》れ合うつもりはない、という意思表示なのだろう。

鈴原にしても、そのほうが好都合だ。年下でさえなければ、友利は完璧に好みの男だ。しかし、だからこそ他人の――それも弟の恋人となど親しくなりたくはない。

「昨晩の常盤町の強姦未遂の件、警察《われわれ》の捜査にご不満がおありだとうかがいましたが」

無礼にならない程度に事務的な口調で、鈴原は言った。

「ええ。これでは起訴に持ちこめませんので、もう一度捜査をし直してください」

反論を許さない厳しい声音で告げた友利は、三沢を送致する際に提出した捜査記録の中から証拠品の写真撮影報告書を机の上に広げた。

「あなたは、女性のストッキングを脱がせたことがありますか?」

「……は?」

ここで訊かれる意味のわからない質問を唐突に投げかけられ、返す声がつい低くなる。

「被疑者の三沢琢馬は一七二センチ、五十五キロ。一方、被害者の墨田花枝は先ほど『グレッチェン』のホームページで写真を確認しましたが、推定一六四センチ、七十キロ弱といったところでしょう。いくら被疑者が男でも、この体重差では被害者の身体の自由を簡単に奪

友利 櫂 検察官

えたはずがありません」

それなのに、と友利はストッキングが写された写真を指先で示す。

「ストッキングがまったく破れていない、というのは解せません」

捜査中、それを疑問視する声は一度も出なかった。

もちろん、見落としたからではない。理由が明らかだったからだ。

「そうでしょうか？　捜査記録にある通り、粗暴に豹変した被疑者に恐怖を覚え、身体が動かなくなった、と被害者は供述していますし、特に不自然なこととは思いませんでしたが」

「被疑者が女性に圧倒的な恐怖感を与える大男だったり、何か凶器を持っていたのならともかく、あんな風が吹けば飛ぶような痩せ型で、しかも素手だったんですよね？　それに、ふたりがいた場所は座敷で、部屋と外部を隔てていたのは襖《ふすま》だけだったんですから、少し大きな声を出すなり、抵抗するなりすれば、助けが呼べたはずです」

「それについても、記してある通りです」

鈴原はうんざりしつつもそれを顔には出さず、丁寧な口調で続ける。

「被害者は過去に痴漢の被害に遭っています。そのトラウマのために、普通の女性よりも男性への恐怖心が強く」

「なら、どうしてわざわざ個室で男とふたりきりになるんです？」

鈴原の説明を遮り、友利は声を強く響かせる。

「重大な注進だと勘違いした、会社の人間に目撃されない場所で内密に被疑者と話がしたかった、と確かにもっともらしい理由が書かれてありますが、だったら居酒屋の半個室などでも十分事足りるでしょう」

友利は町田支部に着任したばかりだ。

町田支部は人数の少ない「支部」なので、大規模庁のように刑事部や公判部などの複数の部はない。ひとりの検事が被疑者の取り調べも、公判も担当しなければならないため、慣れるまでは実際以上に忙しく感じ、疲れるだろう。

友利の物言いは確かに傲慢だが、決して警察に理不尽な嫌がらせをしているふうではない。だから、捜査記録を読めばわかることについての実に馬鹿馬鹿しい質問は、記述内容を読み落とすという初歩的ミスを犯した故なのかもしれない。

最初はそんな印象を持ちながら受け答えをしていたが、鈴原は今、自分の考え違いに気づいた。自分が出張していた間には、そういうことがあったかもしれない。

しかし、この事件に関しては、違う。

友利は、被害者の墨田の供述を本気で疑っているのだ。——明白な証拠の数々があるにもかかわらず。

そうはっきりとわかり、鈴原は驚いた。

「……検事は、被害者が嘘をついていると仰りたいのですか？」

ええ、そうです、と間髪をいれずに返ってくる。

「目撃者がいるにしても、強姦未遂事件にしては不自然な点が多すぎます。被害者の周辺および被害者と被疑者との関係をもう一度徹底的に洗い直してください」

一般人の手によるものとは言え、三沢は現行犯逮捕をされている。しかも、被疑者である三沢は犯行を認めており、墨田もその被害を訴えている。

なのに、何が「不自然」だ。三沢を起訴するために、これ以上どんな確かな証拠が必要なのか、と憤りを覚えたものの、検事の命令には逆らえない。

了解する以外の選択肢がない代わりに、鈴原は再捜査の指揮を執ろうと決める。

この歳で警部補に昇任したのだ。鈴原には警察官として、刑事として、秀でている自負がある。難しい検事への対応の仕方も心得ている。

けれども、今回はどうしても冷静に受け流せなかった。

友利の呆れた猜疑心《さいぎしん》に憤慨したことで、浩輝に性癖を打ち明け、相談しようとした一大決心を邪魔された恨みが再燃したのだ。

だから、自分の手であの男の誤りを明らかにし、鼻を明かしてやりたかった。

署に戻り、鈴原は小竹と二階堂に友利の命令と、自分も再捜査に加わることを伝えた。

「まったく、またそんなしょうもないいちゃもんつけて、何考えてるんですかね、あの検事」

小竹が顔をしかめてそう吐き捨てると、近くにいた別の係の者たちも加わり、口々に悪態をつきはじめた。

「ま、大方さ、法廷での絶対的な勝者になるためには頑丈な石橋くらいじゃご不満で、絶対に罅《ひび》割れない完全無欠のダイヤモンドの橋しか渡りたくないんだろうよ」

「それが当然、自分には許されると思ってる面してんのが、また腹立つよなあ」

「あれを確認しに行け、これの裏づけ取ってこいって、警察は検察の小間使いでも犬でもねえっつうんですよ」

「こっちだって、適当な捜査をして、適当に怪しそうなやつを送致してるわけじゃないのに、そんなに警察が信用できないんですかね、あのゴーマン検事は」

着任してまだ数日なのに想像以上の嫌われぶりだ。鈴原は思わず苦笑を漏らす。

「友利検事は、誰にでもああいう感じなのか?」

尋ねた鈴原に全員が深く頷き、小竹が代表して「誰にでも、ああいう感じで偉そうです」と答えた。

「どんな美人に色目を使われても、にこりともしませんし。それも、堅物だからっていうより、自分には相応《ふさわ》しくないって見下してる感がありありで、そういうところもまた反感を買っています」

見下しているのかどうかはともかく、恋人のいるゲイなのだから異性に言い寄られていい顔をしなくても、それは仕方ないだろう。

その点だけは心の中で擁護したが、鈴原も友利に悪印象を持ったことは変わりない。

日本では、刑事事件裁判の有罪率はほぼ百パーセントだ。もし担当した事件に無罪判決が下れば、それは検事としてのキャリアの終わりを意味すると言っても過言ではない汚点となる。だから、裁判で負けたくないという心理はわからなくもない。

しかし、いささか度を超している異常な慎重さは無能の裏返しではないかと感じた。

それに、わずか数日でこれほど多くの者に嫌悪感を抱かせているのだ。検事としての友利は、性格に難がありすぎる気がした。

公私の顔を使い分けるにしても、まったくの別人になるということはないのだから、あの高慢さは友利の人格の一部なのだろう。

浩輝はそれを知っているのだろうか。もしかしたら、本性を隠した友利に騙《だま》されているのではないか、と心配になる。

また免停のもみ消しを頼まれて辟易《へきえき》することになるかもしれないけれど、今晩にでも連絡を取ってみようと思ったが、結局しなかった。

それから再捜査を始めて何時間も経たないうちに、鈴原の中で友利への印象がまた変化したのだ。

再捜査で鈴原がまずおこなったのは、証拠品と同じストッキングを十枚用意しての実験だった。たまたま課内に、妻のほうがだいぶん体格のいい若い職員がいたため、その夫婦に協力してもらい、破らずにストッキングを脱がせられるかどうか、試してみたのだ。

一度でも成功すれば、「現にこういう結果が出ているのだから、体格差があっても、放心状態なら偶然破れないまま脱がされたということは特に不自然ではない」と主張できるからだ。それに、墨田に不快な思いをさせなくてすむ。

だが、すべて失敗した。何枚か追加してみても、駄目だった。

丁寧な作りの高級品なので安物よりはずっと丈夫なものの、女性側の協力がないまま強引に脱がせようとすると、どうしてもどこかが必ず破れてしまうのだ。

その夜は遅くまで、改めて三沢を取り調べた。三沢はやはり、容疑を認める短い言葉しか喋《しゃべ》らなかった。昨日は口数は少ないが、自ら容疑を認める従順な被疑者に思えたのに、今は弁解を一言もしない頑《かたく》なさが妙に不可解に感じられた。

それは小竹も同じで、友利の示した疑問点をもう「馬鹿馬鹿しい難癖だ」とは言えなくなった。翌日は、小竹が担当していた別件の傷害事件に重要な情報が寄せられたため、小竹をそちらに専念させ、鈴原は二階堂と練馬署《ねりましょ》へ向かった。練馬署は、墨田が高校生時代に被害に遭った痴漢事件を捜査した豊村《とよむら》という名の担当者が現在勤務している署だ。

その豊村から話を聞いたことで、友利の疑いが正しい可能性がますます濃くなった。豊村は暴言などいっさい口にしていなかったし、連絡を受けて署へ駆けつけてきた両親は墨田と折り合いが悪いどころか、溺愛しているように見えたというのだから。

しかも豊村は捜査過程で交わした雑談の内容をよく覚えており、墨田が柔道部員だったことを教えてくれた。墨田が今も柔道を続けているのかは不明だ。しかし、柔道の心得が少しでもあるのなら、針金のように痩せた三沢に襲われて何の抵抗もできなかったという供述の信憑性《しんぴょうせい》は限りなく薄くなる。

「係長。俺、何かすんごい嫌な予感がしてきましたよ」

練馬署の庁舎を出てすぐ、二階堂が顔をしかめて言った。

「あのガイシャ、ドMの踏んで踏んで女王様かも……」

三沢に「メス豚」や「肉壺女」などと酷い言葉で罵られた、と話していたときの墨田の顔を思い出しながら、鈴原も二階堂と同じことを考えていた。

だが、今はまだ、あくまで疑惑でしかない。

「本人の前で言うなよ。訴えられるぞ」

そう釘を刺し、鈴原はスーツの内ポケットから携帯電話を取り出す。

墨田に電話をかけると今日は出勤しており、昼休みに会社近くのレストランの個室で会うことになった。

「体調のほうは、大丈夫ですか、墨田さん」

約束の時間に少し遅れて現れた墨田に、鈴原はにこやかに笑いかける。

「ええ、と言えるのかはわかりません。でも、三沢と一緒に何日も休むことで、変に怪しまれることが嫌だったので……」

そう答えた墨田に、鈴原は笑顔を保ったままで判明した嘘や事実について尋ねた。

墨田は最初、明らかに顔色を変えつつも、のらりくらりとよけいに辻褄《つじつま》の合わなくなる言い訳をしていた。しかし、鈴原が質問を重ねるうちにやがて答えに詰まり、開き直った顔つきになって認めた。

予想した通りだった。墨田は三沢に襲われていたのではない。ふたりでSMプレイに興じていたのだ。襖や薄い壁を隔てて感じる他人の気配に興奮しながら。

発見されたとき、墨田が脚をばたつかせていたのは、逃げようともがいていたのではなく、三沢に「責め方が甘い」とボディランゲージで叱咤していたらしい。そして、調べればすぐわかる嘘をついて女の刑事の聴取を拒んだのは、「同性の目」に真実を見抜かれることを恐れたからだという。

いつ人目につくかわからない、というスリルを求めてあんな場所で行為に及んだくせに、そんな性癖を知られ、赤の他人に眉をひそめられるなど、墨田のプライドが許さなかった。

だから、趣向の変わった睦《むつ》み合いを見られてしまったとき、墨田は「哀れな被害者」を装った。三沢とはこれまでにも何度か様々な危うい場所で同じことを繰り返しており、もし見つかった場合はそうすると決めていたそうだ。

ただ、特に綿密な打ち合わせをしていたわけではなかったため、三沢は墨田の供述と食い違わないように黙秘を貫いていたのだろう。

「では、もう一度確認しますが」

墨田の身勝手さに声を荒らげたくなるのを我慢して、鈴原は静かに声を紡ぐ。

「あなたと三沢……さんは恋愛関係にあり、行為はすべて合意の上だったんですね？」

「恋愛関係とはちょっと違うわ。三沢はただの『ペット』だもの」

「ただの『ペット』だから、冤罪《えんざい》で前科がついてもいいと思ったんですか、あんた」

二階堂が眉を逆立て詰問すると、墨田も「まさか」と、きっ、と眉間に皺を寄せた。

「でも、どうしたらいいかわからなかったのよ。とにかく、こういう趣味のこと、知られたくなかったの。特に親には絶対に！」

墨田は多くの嘘をついたけれど、それが三沢に刑罰を受けさせる目的によるものではなかったことだけは確かなようなので、虚偽告訴罪には問えない。

一応は個室とはいえ、人目につく可能性のある場所で性行為に及んだのだから、そちらは公然猥褻《わいせつ》罪や都の迷惑防止条例の面で問題が生じる可能性があったものの、結局厳重注意ですませることになった。墨田の母親が、ある警察庁幹部夫人の華道友達だという情報を摑んだ署長が、政治的判断を下したのだ。

釈放の決まった三沢のほうは、墨田が真実をすべて明らかにしたと伝えると、ようやく重い口を開いた。

二年前から派遣社員として働き始めた「グレッチェン」で墨田に出会い、恋をしたこと。ある日、墨田のほうから誘われて舞い上がったこと。SMクラブの会員で、「格下の男に下品な言葉で罵られ、踏まれて嬲《なぶ》られないと興奮できない」という墨田のおかしな性癖に驚きつつも、気づけば彼女の『ペット』になっていたこと。そして、飽きられたくない一心で、女主人を悦《よろこ》ばせる様々な技を必死で習得したこと。

そんな日々のことを淡々と語る言葉の中に、墨田の仕打ちへの恨みはまったくなかった。それどころか、「だって、部長は俺を初めてまともに相手にしてくれた女性ですから」と今もなお墨田を崇拝しているふうですらあった。

「ワンダーワールドっすよね。こういうのも、愛なんですかねえ」

三沢の聴取を終えたあと、二階堂が顎をかきながら怪訝《けげん》そうに呟《つぶや》いた。

「何にしろ、踏んで踏んで女王様へのこれだけの忠誠心を示したんだから、『ペット』から少しは格上げしてもらえるといいですよね。つうか、されるべきっすよね」

「……ああ」

我《わ》が儘《まま》で勝ち気な社長令嬢と、何もかもが貧相な年下の派遣社員。奇妙な糸で結ばれつつも、どうにも不釣り合いなふたりの関係が今後どうなるか、まったく気にならなかったわけではない。

しかし、鈴原にはほかにもっと考えねばならないことがあった。

三沢と墨田の「事件」が起こった日、鈴原は疲れていた。出張帰りだったし、色々と気疲れが重なっていた。その上、あの夜はほかにも何件もの事件が発生した。現行犯逮捕された被疑者が容疑を認めた事件に、深く関わっている余裕はなかった。

しかし、それはすべて言い訳だ。

複数の事件を同時に抱えているのは友利も同じなのに、自分は気づくべき疑わしい点を見落とした。友利のあの鋭い直感力の指摘がなければ、冤罪を生んでいたかもしれない。

自分の落ち度は認めるべきだし、まるで名探偵のような鋭い洞察力には感服した。

けれども、友利の鼻を明かすためだった再捜査がこんな結末を迎えて悔しいのも本音だし、浩輝のことで含むところがあるのは変わらない。

だから、鈴原は複雑に強張《こわば》った顔と声で、友利への捜査報告の最後につけ加えた。

「検事には参りました。完敗です」

それまで冷然とした無表情だった友利の片眉が、かすかに上がる。一瞬の間が空き、友利は隣のデスクに座っていた事務官に「十分ほど外してもらえますか」と告げた。

よけいなことは口にせず、ただ「はい」と頷いた事務官が部屋を出ると、友利は視線をおもむろに鈴原へ向けた。

「参った、などと言われると、反応に困ります。私はべつに、警察と交戦しているつもりはないので」

「ですが、警察《われわれ》を信頼していただけてはいませんよね」

そう返した唇から、自然と自嘲《じちょう》が漏れる。

「まあ、こんな失態を犯していては、それも当然でしょうが」

「誤解しないでください。私は、人間は間違うものだと思っているのであって、警察を信頼していないのではありません」

気のせいだろうか。かたわらに浩輝がいたあの冬の夜のそれとはほど遠いものの、友利の双眸に宿る怜悧《れいり》な光が少しやわらかくなったように見えた。

「特に、男女が絡む事件の判断には慎重を要すると考えています。クロに見えてシロ、シロに見えてクロということがありますから。現に私は新任の頃、その識別を誤って、冤罪を生みかけました」

それは新任検事だった友利に初めて配点された重大事件――幸い死者は出ていなかったが、もし出ていれば死刑の適用もあり得る連続放火事件だったそうだ。

被疑者の男は警戒パトロール中の消防職員に現行犯逮捕され、「リストラ勧告をされたストレスで、やった」と自供もしていた。いくつかの現場からは、毛髪や足跡などの物的証拠も採取されていた。

だから、誰もが皆、その男の犯行だと信じて疑わなかった。

しかし、真犯人は男の妻だった。男の妻は同居している姑との関係に悩んで精神のバランスを崩し、やがて「気晴らしの放火」という趣味を持ってしまった。ほどなく夫はそれに気づいたが、元々が妻を愛しているのに母親には逆らえず、ふたりの確執を見て見ぬふりしかできなかった気の弱い男だ。面と向かってとめることなどできず、「気晴らし」のために家を抜け出した妻のあとをこっそりつけ、放たれた火を消して回っていた。そして、そこを消防職員に取り押さえられたのだ。

「今回と同じように、現行犯逮捕に自供ですから、『簡単な事件』でした。ですが、全焼や半焼した家もあり、私がそれまで扱ってきたようなスリやのぞきなどの軽犯罪とは違い、起訴すれば十年以上の懲役が求刑されることは確実で、そんな大きな事件の配点は初めてだったため、取り調べには時間をかけました」

「それで、そのときも今回のように、検事の卓越した洞察力のおかげで真相が解明された、というわけですか?」

自分の失敗を反省はしているが、友利の自慢話につきやってやる義理はない。内心ではさっさと帰りたいと思いながらも、鈴原は愛想笑いで問いかけた。

すると、友利は「いいえ、逆です」と首を振った。

「時間をかけて取り調べても、その男の犯行だという確信を深めただけだったので。彼は、妻の心が病んだのは自分のせいだと考えており、せめてもの贖罪《しょくざい》に、と嘘をつき通す気で、私はその嘘と『それらしい証拠の数々』にまんまと騙されてしまいました」

「じゃあ、誰が嘘を見抜いたんですか?」

担当刑事、であれば気分がよくなっただろう。けれども、答えは違った。

「誰も。事実が判明したのは、妻が警察に出頭したからです」

警察から報告が来たのは、友利がまさにその男の起訴状の決裁を受けに行こうとしていたときだったという。

「精神的な問題を抱えていた妻が良心を取り戻すという『ラッキー』がなければ、私は自分の過ちには気づけませんでした」

そう言いながら友利は席を離れ、後ろの窓辺にもたれるように立った。

彫像めいて美しい男というものは、何をしても様になる。今日も三つ揃いを優雅に纏うすらりとした長身は、窓から流れこむ陽光を背にすると何やら神々《こうごう》しく見えすらした。

「もし、その『ラッキー』が起こらないままだったら、私の書いた起訴状は決裁され、彼は法廷へ引き出されて重い判決を受けたでしょう。被疑者本人の意思がどうであれ、自分の誤った判断が冤罪を生み出していたかもしれないと考えると、しばらく眠れなくなるくらいの戦慄《せんりつ》を覚えました。そして、そのことで、自分が検察官として手にした権力に付随する責任の重大さを、本当の意味で自覚できました」

友利は一瞬言葉を句切り、鈴原と視線を絡めた。

「だから、私は人間の誤謬性《ごびゅうせい》を——、人間は間違うものだということを忘れずに職務に当たりたいんです」

頭の中まで深く沁《し》みこんでくるような眼差しを放ち、友利は静かに言った。

「少しでも曖昧さを感じたら、徹底的に調べ直して納得するまで起訴状を書かないことが、周りの目にどう映っているのかは承知していますが、私にとってこれは曲げられない信念なので。決して、警察の捜査能力に対する懐疑心からそうしているのではないことを、ご理解ください。そもそも、信じていないのなら、あなた方には任せず、自分で調べます」

耳に届くその声に、抑揚はほとんどなかった。けれども、不思議とまっすぐな強い響きを帯びていた。

真実を語る声だ、とはっきりと直感できた。

「……検事の個人的なお考えについて、私がとやかく申し上げる筋ではないと思いますが、でしたら、もう少し我々への指示の出し方を変えられてはどうでしょうか？　何と言うか、検事は署内で大変、誤解をされていますので……」

「それでかまいません」

「なぜ、ですか？」

「すべてを闇雲に怪しんでいるわけではありませんが、私の指示は毎回このようなどんでん返しの結果をもたらすわけではありません。大抵は担当刑事が送致前におこなった裏づけに終わりますし、そういうことを繰り返せば、当然ながら強い反感を買います。そうなったとき、少しでも軟弱な態度を見せて軽んじられれば、もう私の指示には従ってもらえなくなりますから」

そんな事態を避けるために、恒常的に緊張感を与える存在でいたいのだ、と友利は告げた。

つまり、友利が警察に対して見せる傲慢さは、「あいつの命令を無視すれば、面倒なことになりそうだ」という本能的な畏怖《いふ》を感じさせるため――必要な捜査を潤滑に進めるための、言ってみれば演技なのだろう。

二十九歳の検事と三十歳の警部補では事情は色々と異なるし、鈴原は幸いにも、今のところその必要性を感じたことはない。だが、年上の部下を多く持つ身としては「侮られるよりは、どんなに嫌われても恐れられたほうがいい」という考え方は理解できた。

「警察にはそれで通用しても、送致された事件の一件一件にあまり時間をかけていては、上から睨まれるのではありませんか？」

「ええ。ですが、べつに不都合はありません。出世には興味がありませんし、私は上司ではなく、自分の職務と責務に忠実でありたいので」

愚直なまでの意思の強さを感じさせる語気に、鈴原は驚く。

友利に向けた目の奥から、抱いていた悪感情がぽろぽろと剝《は》がれ落ちていった。

そして、視界に映るその姿が網膜に沁みるほど鮮やかに感じられた。

友利と再会してすぐは、浩輝は人格に問題のある男に騙されているのではないかと気を揉《も》んだけれど、よけいな心配だったと鈴原は確信した。

浩輝の男を見る目は確かだ。

友利はとても清廉で頼もしい。それに、浩輝の前では微笑みを絶やさないのだから、職場を離れたときにはきっととびきり優しい男になるのだろう。

羨《うらや》ましくなるほどの実にいい男を、浩輝は選んだのだ。

そんなふうに友利への意識が変わったとたん、今度は猛烈な居たたまれなさが胸に湧いた。

今回の事件で、鈴原は墨田たちの嘘をまったく見抜けなかった。もっと慎重に調べていれば、送致の前に気づけたかもしれないのに。

それればかりか、再捜査を渋々始めたとき、鈴原の頭の中を占めていた最大のものは、友利の鼻を明かしてやりたいという私怨だった。

凶悪事件を扱う係の責任者である鈴原の手にも、人ひとりの一生を狂わせてしまう大きな権力がある。なのに、複数の悪条件が一度に重なったとはいえ、重大な責務の伴う仕事に対して常に持つべき真摯さを欠いてしまっていた。

そんな心の緩みをこの年下の男に教えられた気がして、鈴原は恥ずかしかった。

「……検事は、警察《われわれ》との関係を改善されるおつもりはないのでしょう？　どうして、私に本音を聞かせてくださったのですか？」

「鈴原さんは特別です。まったくの他人というわけでもありませんから」

ごく真面目《まじめ》な顔つきで「特別」などと告げられ、鈴原は面食らう思いでまたたく。

悪い気はしなかったものの、小さな不満を覚えた。ほかの刑事たちとは一線を画す「特別」な存在だと言うのなら、それをちゃんと目に見える形で示すべきだろう、と。

自分の前では冷たい仏頂面はやめ、笑えばいいのに。浩輝にそうしていたように。

ふとそんなことを考えたとき、友利は「ところで」と口を開く。

「鈴原さんには、浩輝から連絡が来ましたか？」

尋ねられ、首筋がひやりとした。

少し硬くなった、どこか探るふうな口ぶりから、「連絡」とは例の免停のもみ消しの件を指しているのだろうか、と咄嗟に思ったからだ。

浩輝は、「身内にケーサツがいれば、困ったときに融通が利《き》く」とごく軽く考えている。過去にも二度ほど同じようなことがあり、そのつど撥ねつけはしたけれど、できない理由をいちいち説明はしなかった。浩輝は音楽に関連する分野には造詣が深いが、それ以外については呆れるほど物知らずだ。法律関係の知識が中学生並みの頭でも理解できる言葉へかみ砕いてやる翻訳作業が、面倒だったのだ。

もしかしたら、友利は浩輝に泣きつかれてそれを知り、司法に携わる者としてあるまじき態度だと憤慨したのかもしれない。「そういう愚かしい考え違いは、判明した時点で即刻矯正すべきでしょう。身内なら、なおさらです」などと説教をされでもしたら、鈴原の年上としての面子《メンツ》はもう完全に丸つぶれだ。

軽い眩暈《めまい》を覚えたとき、事務官が「十分経ちました」と戻ってきた。

その機に乗じ、鈴原は「ええ」とだけ答えて、そそくさと逃げ出した。

3

友利への印象が大きく変わり、けれどだからと言ってそれを誰に話すでもなく迎えた翌日の夕方近く、オフィスの窓が突然がたがたと揺れた。

強行犯係のデスクで書類仕事をしていた鈴原と二階堂、そして小竹の三人はいっせいに視線を窓へ向けた。いつの間にかどす黒くぶ厚い雲に覆われていた空から、視界を灰色にかすませる激しい雨が降りそそいでいた。

この時間は、どの係もほとんどの捜査員が出払っている。人影のまばらなオフィスに、窓を叩いて吹き荒れる雨音が強く響く。

「あちゃー。ゲリラ豪雨か」

頭に手をやり、小竹が独りごちるように言う。小竹は少し前、署から徒歩で十分ほどのところにある郵便局と書店へ、年下の相棒の長岡《ながおか》を使いに出していた。

「長岡さん、もし今路上だったら、きっとケツの穴までずぶ濡れっすよ」

この瞬間、自分が屋内いられる幸運を無神経に、しかし妙な愛嬌の漂う表情で歓喜する二階堂が、小竹を横目で見てにへりと目尻を下げる。

「これで風邪でもひかせることになったら、小竹さん、長岡さんに恨まれますね〜」

「……長岡じゃなく、お前をパシらせるんだったぜ。係のためにもな」

苦々しく眉を寄せた小竹に、二階堂が「何でっすか」と口を尖らせ返す。

「馬鹿は風邪をひかないからに決まってるだろう」

小竹が鼻を鳴らして答えたとき、オフィスの出入り口で男女の二人連れに何かの対応をしていた総務係の職員が「鈴原係長！」と硬い声を上げた。

その方向を見やり、鈴原と小竹はほぼ同時に立ち上がった。

そこには、強行犯係が行方を捜していた金川道雄《かねかわみちお》の姿があった。


「本当に、ご迷惑をおかけいたしました」

二十五歳の息子の出頭に付き添ってきた母親は、鈴原の前で深々と頭を下げた。

金川道雄が傷害事件を起こしたのは、十日ほど前の七月下旬のことだ。

高校の同級生の結婚式に出席した道雄は、三次会からの帰りの路上で、酔った元級友に「まだ、バイトなんかしてるのかよ」と笑われて逆上した。

そして、一次会でも二次会でも、大企業勤めをずっと自慢していたその元級友の顔を何度も殴打し、全治三ヵ月の重症を負わせて逃亡した。

犯行も逃亡も、衝動的だったのは明らかだ。

給料日前だったので銀行口座には数千円の残高しかなく、三次会の会費を支払う際、たまたま隣り合った同級生の証言から、手持ちの金は二万円弱だとわかった。

『このまま逃げ続ければ、逃亡資金調達のために罪を重ねる可能性が出てきますし、精神的にも追い詰められて辛くなるでしょう。息子さんのためにも、連絡や接触があれば、すぐに我々に知らせてください。それから、可能なら、警察へ出頭するよう説得をお願いします』

路上に倒れ、動けなくなっていた被害者が何とか力を振り絞って助けを呼び、事件が発覚したあと、一緒に暮らしていた母親のもとを訪ね、そう告げたのは鈴原だった。

そのとき、母親は涙ぐみながら、「そちらへ連れていくのが、あの子のため……、あの子のためなんですね」と頷き、連絡があれば必ず説得して、出頭させると鈴原に約束した。

「お約束通り、あの子を連れてまいりました」

母親は顔を上げ、小竹と二階堂に両脇を挟まれて取調室へ入っていく道雄の背を、涙を浮かべた目で見送った。

「ご苦労様でした、金川さん」

「これで、あの子の罪はうんと軽くなるんですよね？」

「――え？」

「ちゃんと自首したんですから、刑務所には入らなくてすみますよね？　あの子、今まで警察のご厄介になるような悪さは、何もしてないんですし……」

最初は何を言われているのかわからなかったけれど、そこまで聞いてようやく、母親が「自首」と「出頭」を混同しているのだと理解できた。

家を訪ねて話をした際、母親はしきりに「あの子のため」という言葉を繰り返していた。

しかし、「自首」や「刑の軽減」といったような言葉は一度も口にしなかった。

だから、気づかなかったが、母親はどうも、道雄を「自首」さえさせれば、初犯なので罪に問われなくなると思いこんでいるふうだった。

「金川さん。『自首』というのは、捜査機関が犯罪の事実を把握する前に、犯人が自ら罪の申告をして、初めて成り立つものなんです」

鈴原は母親の落ちくぼんだ目を見て、ゆっくりと告げる。

「今回は事件がすでに発覚していますので、『自首』ではなく『出頭』ということになり、情状酌量の対象とはならないんです」

そう言うと、母親はずいぶんと悲しそうな顔になった。

鈴原は慌てて、説明をつけ加える。

「ですが、息子さんは初犯ですし、被害者への謝罪と反省の気持ちをきちんと表し、示談が成立すれば、不起訴になる可能性がないわけではありません」

「じゃあ、もし、示談が成立しなかったら……？　うちには、お金なんてないんです。相手の方を満足させられる金額を用意できなくて、示談が成立しなかった場合、あの子はどうなるんでしょうか？」

「被害者の方は、顔面を打撲し、歯を何本も折る大怪我をされていますので、最悪の場合は、実刑が下ることもあるかもしれません」

曖昧にごまかし、下手に希望を抱かせるほうが酷だ。そう考え、正直に答えた鈴原を見つめ、母親は「そんな……」とぽろぽろと涙をこぼしはじめた。

道雄は、この母親が女手ひとつで育てたひとり息子だ。鈴原の示した可能性が、万が一にも現実のものになれば、と思うと、どうしようもなく辛かったのだろう。母親はハンカチに顔を押し当て、嗚咽《おえつ》をもらして泣いた。

母親にも事情聴取をしたかったけれど、こんな状態ではとても無理だ。

鈴原はどうにか母親をなだめ、今日のところは帰宅させることにした。

被害者の親であっても、被疑者の親であっても、親は親だ。我が子を思って慟哭《どうこく》する姿を見るのは忍びない。しかし、それに慣れなければならないのが、そうなるのが嫌だと思いながらもいつの間にか慣れてしまっているのが、鈴原が選んだ刑事という仕事だ。

弁護士会に連絡し、相談するように伝えて、鈴原は母親を署の玄関まで送った。

オフィスに戻り、弱まる気配のない雨音を聞きながら書類仕事を続けていたさなか、ふいに奥の取調室から「何だとぉ！」と二階堂の怒声が響いた。続いて「馬鹿、やめろ！　落ち着け！」と小竹の裏返った声が上がる。

「一生のお願いです！　とめないでください、小竹さん！」

「冷静になれ、二階堂！　そいつと一緒にブタ箱入りする気か！」

何事かと取調室へ飛びこみ、鈴原は唖然《あぜん》とする。

道雄に向かってパイプ椅子を振り上げている二階堂を制そうと、その背後から小竹が海老反りのような体勢になりながら、必死の形相《ぎょうそう》でしがみついていたのだ。

「殴れるもんなら、殴ってみろよ、ほら、ほら！」

小竹に羽交い締めをされて暴れる二階堂を、道雄が机の脚を蹴って挑発する。

「ケーサツに密室で暴力受けました、ってマスコミに訴えてやるからな」

「ふざけるなっ。ドアはちゃんと開けてるだろうが！　どこか密室だっ」

「開けてたって、どうせ周りにはサツしかいねえじゃねえかよ。ケーサツという名の密室だよ。んなこともわからねえのかよ、デブ」

「あぁ？　何だと！　俺はデブじゃねえっ、ちょっとぽっちゃりだ！」

顔を真っ赤にして怒鳴り、椅子をぶんぶんと振り回しはじめた二階堂を、鈴原は小竹や集まってきたほかの捜査員と一緒に、取調室の外へ引きずり出した。

すでに定時を過ぎており、課長席から宮ノ木の姿が消えていたのは、幸いだった。

落ち着くまで二階堂を給湯室に閉じこめ、道雄の取り調べは一旦中断することにした。

小竹の報告によると、道雄は取り調べで「俺を馬鹿にしたあいつが悪い。とにかく、何もかも、あいつが悪いんだよ！」と被害者への謝罪どころか恨み節ばかりを吐いたあげく、母親までをも罵ったという。「自首すりゃ、ムショに入らなくてもよくなるから、ってあいつが言うから信じてやったのに。騙しやがって、クソババア」と。

そのあまりに自分勝手な親不孝ぶりが二階堂はどうしても許せず、頭に血が上ったらしい。

「なるほどなあ。まあ、気持ちはわからんでもないが……」

周りで話を聞いていたほかの係の誰かが、ため息混じりに言った。

「どんな最低野郎でも、椅子で殴ったりしたら、自分の手に手錠《ワッパ》がかかるっていうのに、しようもねえアホだな、あいつは」

「ああいう直情型なイノシシ男を部下に持つと、大変だな、鈴原」

一回りほど年上の盗犯係長が、同情的な目を向けてくる。

「でも、たまに意外なところで役に立つ男ですから」

鈴原は苦笑して答える。

しばらくして二階堂を給湯室から出し、一通りの説諭をした頃には雨が上がり、全身ずぶ濡れになった長岡が恨めしそうな顔をして戻ってきた。

よく晴れた翌日の正午過ぎ、黄色い規制線をくぐって中へ入ると、隣で二階堂が「係長、ちょっと聞いてください」と鈴原を呼んだ。

中年の女性翻訳家がひとりで住んでいるその一軒家は、強盗事件の現場だ。強盗と言っても、逃走した犯人は被害者の元夫で、強奪されたものは半年前の離婚の際にどちらが引き取るかで大揉めをしたという犬だけだ。報告では、被害者は元夫に包丁で脅されたものの、怪我はないらしい。だから、二階堂の口調はのんびりしたものだった。

「俺、昨夜《ゆうべ》、テレビで刑事ものを二本続けて見たんです。どっちも古いのじゃなくて、今シーズンのドラマの今週分」

鈴原はスーツのポケットから取り出した白手袋をしながら、「で？」と短く返す。

声がかすかに尖ってしまったのは、二階堂が昨日の騒動を反省する色もなく、けろりと忘れた顔をしているからではない。

そんなことはいつものことで、今さら腹など立ちはしない。

心が波立っているのは、昨日よりも一昨日よりも暑く、スーツの上着を地面に叩きつけたくなる今日が金曜日だからだ。

アドルファス・アボットのライブ開催日だからだ。

考えないように努力していたのに、朝のニュース番組でたまたまインタビューを目にしてしまい、鈴原の頭の中ではチケットを取り忘れた悔しさが再燃して渦を巻いていた。

刑事ドラマがネタなら、きっと下らない展開にしかならないだろう話に機嫌よくつき合ってやる気力など、とても湧かなかった。

「両方で張り込み中の食事シーンが出てきて、皆、あんパン食って、牛乳飲んでたんです。それ見て、俺、ふと思ったんですよね。波平さんや係長が、そんなもの持って張り込んでるの、一度も見たことがない、って」

二階堂は刑事になってまだ日が浅く、一緒に張り込みをした経験があるのは今はヘルニアで入院をしている相棒の波平と、その波平の代わりに臨時に組んでいる鈴原ぐらいだ。

波平は頑なな梅おにぎりと日本茶党で、鈴原はあんパンも牛乳も苦手だ。そして、二階堂自身はバーガーものやコーヒーを好む。だから「あんパンと牛乳で張り込む刑事」をひとりも知らない二階堂は、怪訝そうに首を傾《かし》げた。

「あの『あんパンと牛乳』って、『取調室のカツ丼』みたいにマスコミの作ったインチキイメージなんスかね？」

「丸っきりインチキということはないだろう。大昔はカツ丼が実際に出ていたこともあったかもしれないし、張り込み中に何を食べるかは個人の自由だからな。ちゃんと探せば、あんパンと牛乳派もそこら辺にいるんじゃないのか？」

「係長は、見たことあるんですか？　あんパンと牛乳派のデカ」

相手をする気などなかったはずが、つい真面目に記憶を探ったとき、携帯電話が鳴った。

液晶画面には、見覚えのない番号が表示されている。

警戒しながら出てみると、「友利です」と単調な名乗りが聞こえた。

『今、いいですか？　仕事のことではないのですが』

友利の声を耳にするのは、課内では気がつくと「女王様事件」と命名されていた墨田たちの件を報告に行った一昨日以来だ。

あの場ではごまかした浩輝のことで、何か問題でも発生したのだろうか。

二階堂に先に行くように白手袋を嵌めた手で指示をして、鈴原は鑑識のいない庭の隅へ移動した。

「すみませんが、手短にお願いします。今、現場なので」

『それでは、単刀直入に。今晩の予定を教えてください』

よく意味がわからないまま、鈴原は「特に何も」と答える。

『では、アボットのライブにつき合っていただけませんか？』

チケットを取り損ねた悔しさで、耳がおかしくなったのだろうか。

今、友利が法廷で論告でもしているかのような硬質な口調で「アボットのライブ」と言った気がする。しかし、友利は、トランペットとサックスの区別すらできないという耳の持ち主だ。そんな男が、わざわざ金を払って音楽を聴きに行くとも思えない。

そもそも、友利とは少しも親しくない。

誘われる理由もないはずだ。

「……すみません。もう一度お願いします」

『今晩、アボットのライブにつき合っていただけませんか?』

「アボットのライブ……」

『ええ。もし、ご都合がよろしければ』

聞こえてきたのは、やはり調書の読み上げでもしているふうなごく淡々とした声だった。世界的なジャズ・ピアニストの演奏を数時間後に聴こうとしている興奮や歓びは、かけらも感じられない。

「……あの。その『アボット』とは、『アドルファス・アボット』のことですか?」

『ええ、そうです』

「一九五八年生まれ、ボストン出身で、先月七回目の結婚をしたジャズ・ピアニストのアドルファス・アボットですか?」

『そこまで詳しいプロフィールは知りませんが、今晩七時から丸の内国際ホールでライブを行うアドルファス・アボットです』
「……検事、チケットをお持ちなんですか？」
『ええ。鈴原さん、お好きだと仰っていましたよね、このピアニスト』

タクシーでライブ会場のコンサートホール前に乗りつけたのは、まさに開演時間ちょうどだった。こんな余裕のない時間の到着になってしまったのは猫のせい——、正確には課長の宮ノ木のせいだ。

事の発端は数時間前、小学生の兄弟が十七匹の子猫がぎゅうぎゅう詰めにされた段ボールを「通学路で拾った」と署の受付に届けにきたことだった。

署内で一番猫に詳しい宮ノ木が確かめたところ、箱詰めにされ「にゃあんにゃあん」と媚びを売る声で鳴いたり、大きな双眸をきらきらと光らせて上目遣いに愛想を振りまいたり、毛玉のようにふわふわと丸まって寝こけたりしていたのは、ペットショップで買えば数万から数十万はするという、やたらと名前の長い品種の猫ばかりだった。

盗難届は出ていないので、おそらく何らかの事情でブリーダーが捨てたのだろう。

愛護動物の遺棄は生活安全課の担当で、拾い物は会計課の取り扱いだ。とにかく、刑組課の出る幕ではない。なのに、宮ノ木は強引に猫たちの世話を買って出た。

『猫を捨てるなど、鬼畜の所行。そんな輩《やから》に人権はない。死刑だ。市中引き回しの上、縛り首だ。いや、生き埋めだ。しかし、可愛い子たちだ』

宮ノ木は職務中に飲酒をしたのかと疑いたくなるような戯言《ざれごと》を並べながら、書類決裁も周囲の白い目もそっちのけで猫ばかりをかまい倒した。そして、そのあげく、不注意で一時保護用のケージを壊し、十七匹もの猫を署内にばらまいた。

拾得物の紛失は一大事だ。マスコミに漏れでもすれば、「管理がずさんだ」と町田中央署は非難の集中砲火を浴びるだろう。

こんな惨状を生み出したのは自分の上司だし、早く帰りたい理由が理由だ。

署員が総出であちらこちらへ散らばった猫の捕獲に走り回っている中をひとり抜け出してくることなど、できなかったのだ。

内心で宮ノ木を罵り、呪いながらタクシーを飛び降り、鈴原は遠くに見える入り口へ視線を走らせた。

友利には、到着が遅れることをメールで連絡している。入り口前付近で待ち合わせることになっていたが、それらしい長身の三つ揃い姿は見当たらない。

アボットのライブは、いつも開始時間が正確だ。辺りを見回して探すのもまどろっこしく、鈴原はスーツの上着から携帯電話を取り出す。

ボタンを押しながら早足で入り口前へ向かっていた途中、ふいに「鈴原さん！」と友利の焦ったふうな声がして、腕を掴まれもう一方の手で上体を支えられた。

「下、危ないですよ」

見ると、靴のほんのわずか先が、高い段差になっていた。気づかずにこのまま直進していれば、無様に蹴躓《けつまず》いていただろう。

「……ありがとうございます、検事」

「いえ。事故を未然に防げて、よかったです」

いたずらっぽい口調で言って鈴原から手を離した友利の美貌が、ふわりとほころぶ。

自分には向けられることはないのだろうと思っていた優しい笑顔を不意打ちのように見せられ、心臓が跳ねる。驚いただけなのに、どうしてか頬が火照《ほて》った。

「鈴原さん、走ってこられたんですか？　顔が少し赤いですが」

何となく本当のことは言いにくく、鈴原は「ええ、まあ」と曖昧にごまかす。

「逃げた猫、全部捕まえられたんですか？」

「ええ、何とか。でも、マスコミに嗅《か》ぎつけられて、面白がられましたけど」

「じゃあ、きっと、明日のスポーツ紙あたりに『町田中央署のにゃんにゃん大騒動』とか大

きく出ますね」

甘やかに微笑む年下の検事を、鈴原はまじまじと見つめた。

職場では厳然とした表情を崩さなくても、友利もごく普通に笑うのだということを鈴原は最初から知っていた。

冷血鉄仮面な友利よりも、笑っている友利のほうがずっと感じがいいと思う。

だが、検事室での顔とあまりに違いすぎるせいか、何だか落ち着かない気分にもなる。

「あの、検事。大変失礼ですが……」

はい、と友利はたわめた双眸を鈴原に向ける。

「検事には、二重人格の気《け》でもおありですか？」

恐る恐る問うと、友利がおかしそうに片眉を軽く持ち上げた。

「いいえ、特には。でも、職務中には軟弱性はいっさい排除したいので、誰に対しても笑わないのが私のルールです」

「ルール？」

「ええ。鈴原さんには嫌われたくありませんでしたから、仏頂面で申し訳ないと思いましたが、こういうルールは例外を作るとそこから必ずほころびていくので」

誰に対しても笑わない――。それは、浩輝が職場に訪ねてきても、そうなのだろうか。

ふと、脳裏に浮かんだそんな疑問を口にしかけたとき、すぐそばを「早く！　もう始まっちゃってるかも！」と男女の二人連れが入り口へと走って行った。

瞬間、雑念が吹き飛び、頭の中がアボット一色になる。

「検事、私たちも走りましょう」

「走るんですか？」

「ええ、全速力で」


ベテランのベーシストとドラマーを迎え、トリオ形式でおこなわれたアボットのライブは、凄《すさ》まじく素晴らしかった。

攻撃的ですらある激しさと、心が溶かされるような繊細さをあわせ持った多彩なピアノのメロディー。三人の音楽家たちが音で会話をすることによって生み出される端正でなめらかで、けれども迫力のあるリズム。三千人を越す満員の観客による、鳴り止《や》まない拍手。

会場を出て、駅へ向かってしばらく歩いても、鳥肌が立ちっぱなしだったライブ中の興奮は少しも鎮まらなかった。

諦めていたぶん、上質のパフォーマンスを生で楽しめた感動はひとしおで、友利に礼のキスでもしてやりたいほどに鈴原は浮かれていた。

「ずいぶんご機嫌ですね」

頬の締まりがまるでなくなった鈴原の浮かれぶりに、友利がくすりと笑みをこぼす。

「何だか、踊り出しそうな足取りですよ、鈴原さん」

「ええ。検事がつき合ってくださるなら、ここで踊ってもいいくらいには浮かれています」

隣を歩く長身の男の美貌を見上げ、鈴原は声音を弾ませる。

年甲斐《としがい》もなくはしゃぎ過ぎだということはわかっていたが、自制心は働かなかった。それほどに熱く、深く感動していたし、周りにいるのは同じように興奮気味のライブ帰りの客ばかりだったからだ。

「父親を危篤にしてでも行くつもりだったのに、うっかりチケットを取り忘れて、本当に悔やんでいたので」

「喜んでいただけたのは嬉しいですが、生憎《あいにく》、私は踊れません。歌舞音曲の類《たぐい》は全般的に苦手なんです」

苦笑気味に冗談めかした言い方をして、友利は肩を竦める。

「鈴原さんは、ピアノが弾けて、ダンスもできる刑事なんですか?」

「ダンスはべつに習ったことがあるわけではありませんが、それぐらいの気分だということです」

やわらかくたわむ友利の美しい双眸を見つめ、鈴原は笑う。

気分がいいのは、アボットのライブに来られたからだけではなく、もうひとつ理由がある。友利の笑顔だ。

二時間半に及んだライブの間、演奏に対する反応は鈍かったけれど、友利は笑みを絶やさなかった。目が合うつど、微笑みかけてくれた。

ふたりの間に浩輝がいなくても、仕事中でさえなければ、友利は自分の前でもこうしてずっと笑っているのだとわかり、鈴原は嬉しくなった。

好感を持った相手から同じ感情を返されるのは、とても心地がいいものだ。

「誘っていただけて、本当に嬉しかったです」

「私も、楽しかったです。先ほどのステージは正直、何か音が鳴っているということ以外はちょっとよくわかりませんでしたけど、踊り出しそうな警部補というものを初めて見られたのは、収穫でしたし」

もうすぐ十時だ。こんな時間のせいなのか、友利の浮かべた笑みがやけになまめかしく感じられ、鈴原は視線を足元へ逸《そ》らす。

「それにしても、よくチケットが手に入りましたね。どうやって、取ったんですか？」

「あ、いえ。私が取ったのではありません」

「え？　じゃあ……？」

「浩輝が私と行くつもりで、ずいぶん前に手配していたものなんです。キャンセルし忘れていたらしくて、それが昨日届いたんです。送ってきたレコード会社に返却しようかと思ったんですが、鈴原さんがファンだったのを思い出したものですから」

友利の涼やかな声が耳に届くたび、胸の中の高揚感がぐしゃぐしゃとひしゃげていった。

――鈴原さん、お好きだと仰っていましたよね、このピアニスト。

あれはただの確認の言葉だったのに、聞いた瞬間はなぜか、友利がわざわざ自分のためにチケットを取ってくれたかのように感じられ、そう思いこんだ。

だが、そんなことなどあるはずがない。

昼間に連絡を受けたときは時間に余裕がなく、承諾の返事をして電話をすぐに切ってしまったけれど、チケットの出所も、浩輝の代わりに誘われただけだということも、ほんの少し頭を働かせればすぐに気づいたことだ。

それなのに、すっかり勘違いをしてしまっていた自分の舞い上がりぶりが、恥ずかしくてならなかった。

「検事が記憶力のいい方で、幸運でした」

友利が自分の勘違いに気づいたのかはわからなかったけれど、下手に狼狽《うろた》えればよけいな墓穴を掘るだけだ。

鈴原は必死でにこやかさを顔面に塗りこめ、「ありがとうございます」と礼を言った。

「どういたしまして。ところで、終電にはまだ時間がありますし、どこかで食事をしていきませんか?」

これ以上、ばつが悪い思いをしたくはなく、鈴原は咄嗟に「明日、早いので」と嘘をついて断った。

「せっかくのお誘いなのに、すみません」

「では、今晩は大人しく諦めます。でも、時々でいいので、これからも夜、つき合ってくれませんか?」

「……え?」

「ひとりで過ごす夜というのは、どうにも侘しくて」

聞こえてきたそんな言葉に、自然と眉が寄った。

ライブや試合などの一度きりのことなら、都合の悪くなった者の代わりに誘われても、それで特に不愉快になりはしない。

だが、誰かの代わりに寂しさを紛らわせる存在にされるのは、あまり気分がいいものではない。たとえ、その誰かが、大切な弟であったとしても。

「……あの、私は浩輝のように面白みのある男ではありませんので、とても浩輝の代わりにはならないと思いますが」

言ったとたん、「代わりだなんて、そんな失礼なことをお願いしているのではありません」

と強い口調が返ってきた。

「鈴原さんとの時間を楽しいと感じたから、お誘いしているんです。先ほどのような、鈴原さんの意外な一面を私はもっと知りたいです」

友利は立ち止まってそう告げ、「それに」と続ける。

「私も一緒にいて、退屈な男ではないと保証します」

自信たっぷりに断言した年下の検事を見やり、鈴原は戸惑った。

性癖を隠さなくてもいいという気安さもあるのだろう。思いがけず再会した「恋人の兄」に、友利はすっかり心を許してくれた様子だ。

頑なに拒むのは不自然だし、友利のこの誘いはべつに迷惑でも、嫌でもない。むしろ、嬉しいと感じる。職場では絶対に見せない笑顔と、口説《くど》き文句めいた言葉に心は弾んだ。

だからこそ、答えに詰まった。

鈴原の心の中にはもう、友利への悪感情は欠片《かけら》も残っていない。年下だということもあまり気にならず、鈴原の目に友利は「優しげなインテリ」に見えている。それが怖かった。

限りなく理想に近い男と親しくなって、好きにならない自信が鈴原にはなかった。

だが、弟の恋人を好きになどなりたくない。

何より、たったひとりの「家族」である浩輝を裏切りたくはなかった。絶対に。

なのに、鈴原の心の奥底には確かに、友利の誘いに頷きたい気持ちが潜んでいる。

豊富な、とは言わないまでも、何度かの恋愛経験があれば、こういう際どい状況での立ち回り方をすぐに考えついたかもしれない。だが、鈴原は今まで片想いしかしたことがない。どう答えればいいかまるで見当がつかず、ただ視線をうろうろと泳がせて困ることしかできなかった。

「そんなに真剣に迷われると、何だか傷つきます」

苦笑した友利に、鈴原は慌てて首を振る。

「べつに、嫌で迷っているのではありませんから。ただ……、刑事と検事として、こういうのは適切な関係なのか、と思いまして……」

焦るあまり、意味不明な言い訳をこぼした鈴原に、友利は片眉をかすかに持ち上げたあと、

「じゃあ、こうしましょう」と笑った。

「この前の人騒がせなSMカップルの件、あれは一応、私から鈴原さんへの貸しですよね？」

「そう、ですね……」

「では、その借りを、暇なときで結構ですので、私につき合って返してください」

頷く以外に選択肢のない条件を出してまで、友利が自分を誘う理由が少し不思議で、鈴原はまたたいた。

「……あの、検事はそんなに寂しいんですか？」

「ええ。寂しいですよ、すごく」

口調はごく軽やかだったが、眼差しには冗談めいた光はなかった。

友利は寂しがり屋なのだろうか、と鈴原は思った。

ならば、浩輝が渡米して半年以上経つのだから、つい誰かに縋りたくなるほどの寂しさが募っていても不思議ではない。

友利の言った通り、人間は間違う生き物だ。

仕事や家庭、日常の小さな場面や人生の岐路で大小様々な過ちを犯す。

もちろん、恋愛でも。

職務中は自身に愛想笑いすら禁じているほど気を張りつめているのだから、職場を離れたときに安らぎを求めたくなっても無理はない。人肌が恋しくなる夜もあるだろう。

だが、自分が夜ごとの話し相手になることで、友利が過ちを犯すのを防いでやれる。

浮気の見張り番としてそばにいるのなら、たとえ友利を好きになったとしても、その気持ちを隠し通しさえすれば、浩輝を裏切ることにはならないはずだ――。

そんな考えが頭を過ぎったときには、「わかりました」と口が勝手に動いていた。

「係長！　赤色灯出していいですか？　サイレン鳴らしていいですか？」

事故渋滞にひっかかり、覆面車両が少しも進まなくなって約十分。

ハンドルを握っていた二階堂が、たまりかねたように声を張り上げた。

「いいですよね？　お願いです、いい、と言ってください！」

「……二階堂。俺が『いい』なんて言うと思うか？」

歩道の雑踏を眺めながら鈴原がやや冷たく返すと、二階堂は「あぁ～、やっぱりぃ～」

と大げさに肩を落として嘆いた。

事件現場へ向かっているのならともかく、今は単に署へ戻っているだけだ。しかも、特に急いでいるわけではない。緊急車両のふりをして、渋滞を抜け出していいはずがない。

底抜けの明るさ同様、口にすれば叱責されるとわかりきっていることを、それでも言わずにいられない愚かなところも、二階堂は浩輝に本当によく似ている。

そう呆れ半分、苦笑半分で思ったときだった。

開けた窓のすぐ向こうで「先輩、すごいです」と若い女の声がした。

よく晴れた秋空へ高く弾んでいくようなはしゃいだ声につられて視線をやると、高校生と思《おぼ》しき制服姿の男女が身体をすり寄せ合って歩道を歩いていた。

「先輩ってカラオケ上手いんですね。ちょっと見直しちゃいました」

「ちょっと？」

「うそ、うそ。すっごく、です、先輩！」

「なあ、お前さ。いつまで俺を『先輩』って呼ぶ気だよ？　それから敬語も。俺たち、もうそんな他人行儀な関係じゃないだろ」

顔を真っ赤にしてうつむいた少女の答えは、聞こえてこなかった。ふたりは鈴原たちの乗る車を置いて、すいすいと先へ歩いていったからだ。

「もう他人行儀な関係じゃない、ってヤったたってことですかね？　最近の子供は、ホント進んでますねえ」

先ほどの落胆ぶりはどこへやらの興味津々な顔つきになり、二階堂は遠ざかるふたりの後ろ姿を視線で追う。

「係長は初体験、いつでした？　ちなみに俺は、大学一年の夏休みです」

二階堂は個人的な理由でえこひいき的に目をかけている部下だが、プライベートには踏みこまれたくない。

それに、異性とつき合った過去のことはあまり思い出したくなかった。

自分を不本意に偽らざるを得なかった日々の辛さや、本心から愛してなどいなかったのにそんなふりをして女を抱いたことへの罪悪感が蘇《よみがえ》るからだ。

「ノーコメント。上司に下ネタをふらない、くらいの常識は持て、二階堂。出世に響くぞ」

「じゃあ、タイプは？　それぐらいは教えてくださいよ」

懲《こ》りもしない明るい声に新たな質問を投げかけられ、鈴原は一瞬迷って「年上のインテリ」と短く放つ。

「年上って、どのくらいまでOKなんですか？」

単なる理想としての「年上のインテリ」なら、べつに何歳でもよかった。けれども、そう言えば、自分の恋愛対象が同性だと知るよしもない二階堂に「係長って、マニアな熟女好きなんですか？」とにやにやされるのは火を見るより明らかだ。
二、三歳、と鈴原は適当に答えた。
「ということは、三十代前半くらいの、ってことですよね」

呟きながら、二階堂は首をひねる。

「あんまり具体的に想像できませんけど、女優とかでいうと誰ですか？」

特にいない、と答えようとしたが、二階堂がそれより早く、何かを閃いたふうに指を鳴らした。

「あ。友利検事の女バージョンみたいな感じですか？」

「友利検事は俺より年下だ」

いきなり、ほぼ言い当てられたも同然で、心臓がひっくり返りそうになったが、鈴原はどうにか冷静を装った。

「大体、何だ、女バージョンって。そんなもの、想像したら鳥肌が立つだろ」

「や。でも、三十ちょいのインテリって、あの人くらいしか思いつかなかったんで」

「だから、友利検事は俺より年下だ」

「いくつなんですか？」

「二十九」

「え、俺とたった三つしか違わないんですか」

二階堂は目を丸くする。

「それで、あの威圧感というか、帝王オーラって、すごいっすね」

友利と個人的に会うようになってひと月あまり。

その間、刑組課では多数の被疑者を検挙・逮捕し、一方で多くの新たな事件を抱えた。

そんな日々の中で、捜査員たちの友利を見る目は徐々に変わっていった。

友利の指示による補充捜査で、真犯人や隠されていた真相が明らかになることが、二度、三度と重なったからだ。

友利が自分で認めていたように、毎回必ず、誰もが目を剝《む》く逆転劇が繰り広げられるわけではない。結果的に、無駄な指示に終わることもある。だが、捜査とは無駄の積み重ねでもあることを、皆知っている。先月の「女王様事件」だけに留《とど》まらず、複数回の成果を出したことで、刑組課の捜査員は友利の判断力に信頼を置くようになった。知能犯係などは、被疑者の目星をつけた時点で、友利に捜査方法の相談に行くこともあるくらいだ。

もっとも、だからと言って、好かれてはいない。

二階堂のような信奉者もわずかにいることはいるが、大半の者には相変わらず煙たがられていた。偉そうだ、無愛想だ、小煩《こうるさ》い、頭がよすぎる、顔がよすぎる、脚が長すぎる、と色々な理由で。

「お前も少しは友利検事を見習って、昇任試験の勉強でもしたらどうだ?」

「無理っす。俺、勉強は嫌いですから」

二階堂はあっけらかんと即答する。

「大体、あの人、いつも俺の給料を軽く超えてそうなスーツ着てるし、絶対、いいとこのお坊ちゃまでしょ。こう、子供のときから社会のエリートとなるべく育てられた、みたいな。ヒラ庶民の俺なんかが、ちょっと昇進したからって、そんな人を見習えるわけないですって。俺は、定年まで現場主義なんで、出世なんてしなくてもいいんです」

志の低さを窘《たしな》めるついでに、友利は一般家庭の生まれで「お坊ちゃま」ではない、と訂正しようとして、やめた。

そんなことを知っている理由を訊かれでもしたら、説明が面倒だと思ったのだ。

「それより、係長。今晩、一杯どうですか? ほら、寮の近くでこの前、焼き鳥屋がオープンしたでしょう? あそこ、すっげえ美味いらしいんですよ」

「悪い。今晩は先約がある」

「彼女ですか?」

「違うし、そんなものはいない」

友利が好みの男だということを、鈴原は十分に自覚している。

だから、浩輝に対するけじめとして、自分からは誘わない。支払いも必ず二等分している
し、端数は年上の鈴原が出している。

おそらく、そのためだろう。友利は、普通の公務員が日常的に利用するのに相応しい店に
しか誘わない。友利はそんな気遣いを嫌味なくできる男だ。

好みの男にさり気なく気遣われ、さり気なく優しくされることほど、気持ちのいいものは
ない。時々、その心地よさが高じて、まるで恋人とデートをしているような感覚に溺れそう
になる。

けれども、それはただの錯覚だ。

友利は、自分の恋人などではない。浩輝の恋人だ。浩輝のものなのだ。

自分には、恋人などいないのだ。

「じゃあ、誰と飲むんです?」

「……弟」

の恋人、と鈴原は心の中でつけ加えた。

鈴原と友利の職場は目と鼻の先だが、さすがに仕事帰りに庁舎から連れ立って食事に行くことはしない。退庁時間も異なるので、いつも現地集合だ。

その夜、友利とは池袋のビストロで待ち合わせた。路地裏の袋小路にあるそこへ足を運ぶのは初めてで、店を見つけるまでに何度か道を間違った。

こぢんまりとしたフロアに客も弾けるアップライトのピアノが置いてある、適度に小洒落《こじゃれ》ていて、適度に家庭的な店内に友利の姿はまだなかった。

普段は友利のほうが先に来店して、鈴原を待っていることが多い。しかし、今晩は退庁間際に何やらアクシデントがあったとかで、結局、友利は約束の時間に二十分ほど遅れてきた。ダークブラウンの三つ揃いを纏う長身の優雅さは際立っていて、店内の客の視線がいっせいに友利へ向いた。

「すみません、お待たせしました」

ここ何日か、鈴原は忙しく、時間が取れなかったし、友利の検事室を訪れる機会もなかった。数日ぶりだからか、友利の凄艶《せいえん》な美貌を間近にすると妙な緊張感を覚えた。

店内は冷房がきいていて、暑いわけでもないのに、スーツの下で肌が淡く熱を帯びてゆくのを感じながら、鈴原は「いえ」と応じて笑う。

「私も遅れて来ましたので、待ったというほど待っていません」

「なら、よかったです」

友利が安堵《あんど》したように笑んだとき、スタッフがメニューを持ってきた。

いくつかの一品料理と一緒に、鈴原はビールを、友利はワインを注文した。

飲み物と生ハムの盛り合わせがすぐに運ばれてくる。

「ところで、検事。仕事のほうはよろしかったんですか？」

誘った手前、と無理をして駆けつけたのではないか、と少し気になり、ビールを飲みながら尋ねると、友利は苦笑して頷いた。

「ええ。アクシデントと言っても、わんわん大騒動でしたから」

「……は？」

「庁舎が、子犬だらけになったんです」

先日の、幸いにも批判は受けなかったものの各メディアのお笑いネタにされた猫騒動にかこつけた冗談なのは、笑みを含んだ和やかな口調から明らかだった。

鈴原は小さく噴き出してから、澄まし顔で言う。

「それは、機密事項なので一介の警部補ごときには話せない、という意味だと解釈してよろしいでしょうか、検事」

戯《たわむ》れに戯れを返すと、友利が「まさか」と艶然と美しい双眸をたわめる。

「実は、桃山《ももやま》検事の夫婦喧嘩の仲裁だったんです。でも、馬鹿馬鹿しくも大騒動で、犬が一匹いたのも本当ですよ」

その「現場」には、所用で友利のもとを訪れていた副署長もいたそうだ。

副署長は、署内で一番口が軽い。どうせ明日には噂《うわさ》になっているだろうから、と友利が教えてくれたところによると、桃山の妻が愛犬のシベリアン・ハスキーとの散歩を楽しんでいたとき、携帯に女の声で間違い電話がかかってきたという。女はかなり紛らわしい物言いをしたようで、それを浮気相手の挑発だと勘違いした妻が激怒し、興奮状態で犬を引きずって庁舎へ乗りこんできたらしい。

定時を過ぎていた当時、桃山のほかに庁舎内にいたのは友利だけだった。そこへ、隣の部屋の桃山が「妻に殺される！」と這々《ほうほう》の体《てい》で逃げこんできたので、仲裁をせざるを得なくなったのだそうだ。そして、その間中、通用口の守衛に預けられていた犬が主人を恋しがり、狼の遠吠えのような鳴き声を響かせ続けていたため、一体何事かと道向こうの署から署員が様子を窺《うかが》いに駆けつける騒ぎにもなっていたらしい。

「それで、誤解は解けたんですか？」

「仲裁人の腕がよかったですからね。マスコミに嗅ぎつけられる大惨事になる前に、最善の対処をしましたよ」

「検事のそういう自信家なところ、色々な意味で感心します」

「感心されると気分がいいので、大いにしてください」

自然とそんな軽口が混じる他愛もない話を肴《さかな》に、酒杯を二杯、三杯と重ねていたさなかのことだ。

背後で「先輩、すごーい」と女の声がした。見ると、カウンターに座った若い女の二人連れが楽しそうに料理を頬張っていた。

何が「すごーい」のかまでは聞こえてこなかったけれど、鈴原はふいに昼間見かけた高校生カップルの会話を思い出した。

――俺たち、もうそんな他人行儀な関係じゃないだろ。

頭の中を、あの少女により深い親密さを求めた少年の言葉がぐるぐると回る。

こうして何度も会ううちに、友利櫂という男の「秘密」を鈴原はたくさん知った。

絶世の美少年だったらしい子供の頃、痴女に誘拐されかけたことがきっかけで大の女嫌いになり、ゲイになったこと。

実家はごく普通の中流家庭で、財産はすべて、株投資サークルに所属していた大学生時代に成したものだということ。その資産の一部で両親に家を贈り、三人の弟妹の学費の面倒を見たこと。だから、ゲイだと告白しても、「長男なのに」と眉をひそめる家族は誰もいなかったこと。

初めてのペットが道端で拾った亀だったことや、サックスとトランペットの音色の区別がつかないくせになぜか音痴ではないこと。コーヒーが苦手な紅茶党で、休日には水族館でクラゲを見るのが好きなこと。

自分たちの今のこの関係を正確に表す言葉が何なのか、鈴原にはわからない。

だが少なくとも、こんな美味い酒の席でまで敬語を使い、「検事」、「鈴原さん」と呼び合わねばならないような堅苦しい仲ではないはずだ、と思った。

「検事」

「はい」

「私たちは今、検事と刑事として、食事をしているわけじゃないですよね？」

三杯目のワインを飲んでいた友利は少し不思議そうに笑んで、「ええ、違います」とやわらかな声で答えた。

「じゃあ、こういう食事のときは、敬語、やめていいですか？　敬語を使いながら飲む酒というのは、どうも落ち着かなくて」

「かまいませんよ、どうぞ」

「なら、検事も俺に敬語はやめてください。私たちは、まったくの他人というわけではありませんし」

友利の真摯さを知った日に、友利が口にした言葉を口実にして、鈴原はより近しい関係を求めた。

すると、友利は「いえ」とゆるやかに首を振った。

「私は年下ですし、このままで結構です」

年下だから、年上には敬語を使う。

浩輝には「俺」と言っても、鈴原には「私」と言う。

鈴原は思った。酔っていても、自分に対する礼儀正しさを崩さない友利と自分との間には壁がある、と。

それは、透き通っていて、まるで膜のように薄い。けれども、とても堅固で、どんなに親しくなっても決して越えられない高い高い壁だ。

自分は友利の「恋人」ではなく、「恋人の兄」でしかないのだから、当然だ。

当たり前のことだと理性では納得できる。なのに、喉もとへ何かどろりとした靄《もや》のようなものが迫《せ》り上がってくる。

呼吸を重苦しく乱すそれを押し流そうと咄嗟に飲んだビールは、なぜかあまり味がしなかった。

友利は自分で自信たっぷりに宣言した通り、一緒にいて退屈しない男だ。

知的で、話題も豊富だ。職場で冷徹なぶん、ふたりきりになればその反動のようによく笑うし、冗談も言う。美味い料理と酒を手頃な値段で楽しめる店もたくさん知っている。

そんな男と過ごす時間が、楽しくないわけがない。

だが、何度目からか、楽しいはずなのに、そこにやるせない息苦しさが混じるようになった。時々、料理や酒の味がこんなふうに曖昧にぼやけてしまう。友利の前で笑うことが辛くなる。会うたびに次の誘いが待ち遠しくなるのに、その先にいつか待っている「最後の日」がたまらなく怖くなる。

——どうしてなのか。

その答えが心のどこにあるか、鈴原はとっくに知っている。

そして、それを見てはならないことも知っている。

「それより、鈴原さんにお願いがあるんですが」

「……お願い？」

ええ、と頷き、友利はピアノを指さす。

「何か一曲、弾いてもらえませんか？」

「無理だ」

鈴原は短く言って、ビールのグラスをテーブルに置く。

「ピアノにはずっと触ってないから、弾けない」

「でも、まったく、というわけではないでしょう？」

「まったく、に近い。もう指が昔みたいに動かないからな。弾けたとしても、浩輝と比べたら幼稚園児レベルだ」

「それでもかまいません。聴きたいです、鈴原さんのピアノ」

「俺がかまう。こんな人前で恥をかきたくない」

「では、私とふたりきりなら、弾いてもらえますか？」

指が上手く動かないのは本当だが、まったく弾けなくなっているのかは試してみないと自分でもわからない。昔取った何とやら、で少しは弾けるかもしれない。ピアノの前に座れば、指が勝手に弾き方を思い出すかもしれない。

なのに、頑なに拒んだのは、自分の願いを拒まれたことが面白くなかったからだ。べつに、本気で嫌がっていたわけではない。

だから、やけに甘やかなまなざしで食い下がられ、「それなら」と鈴原はつい頷き、ピアノがあり、ふたりきりになれる場所とはどんなところだろうと考えた。

浩輝はピアノを友利の部屋に置きっ放しにしているだろうから、もしかしたら友利の部屋だろうか。

友利の部屋へ、呼ばれるのかもしれない。そんな可能性に思い至ったとたん、なぜか心臓が跳ね上がり、先ほどとは違う息苦しさに襲われる。

落ち着こうとして、冷静になれそうな、べつの話題を慌てて探そうとしたときだった。ふとレジ前で会計をしていた女の脚が目に入り、瞬間的に検事室で再会したときに投げつけられた不躾《ぶしつけ》な質問が、脳裏に蘇る。

「——そう言えば」

「何です？」

「例のＳＭカップルの件、よくたった一回の取り調べで嘘を見抜けたな。現場で、証拠品としてあの偽ガイシャの服を預かった女の刑事も、ストッキングには目をつけなかったのに」

言いながら、鈴原は声を低める。

「もしかして、脱がせ慣れたりしてるのか？」

まさか、と友利は肩を竦める。

「一般常識の範囲で、基本的な推察をしただけです」

「……それ、警察《おれたち》への嫌味か？」

「まあ、多少は」

軽やかな口調で返してすぐ、友利は「冗談です」と笑う。

「種明かしをすると、実は知っていたんです。あのふたりのこと」

「知ってた？」

「ええ。ＳＭパーティーで何度か見かけたので。話をしたことはありませんし、どこの誰かまではわかりませんでしたけど、漫画みたいに対照的な体型のカップルだったでしょう？だから、ふたりの顔はよく覚えていたんです」

「……そういう集まりによく行くのか？」

「よくは行きません。たまにです」

さらりと言って、「ああ、そうそう」と友利は鈴原を見つめて微笑む。

「一昨日の、鈴原さんに振られた夜、少し顔を出したんですが、また見かけましたよ。噂では、どうやら婚約したらしいです。幸せそうでした」

鈴原は唖然とし、大きく瞠目《どうもく》する。

ＳＭカップルのその後にも目を剥く思いだったが、それ以上に友利の告白に衝撃を受けたのだ。驚きすぎて、幸薄そうだった三沢が紆余曲折《うよきょくせつ》を経てやっと摑めたらしい幸せを祝福しようという気持ちも浮かんでこなかった。

友利は、ほかの事件でも洞察力の鋭さを発揮している。「顔を知っていた」という偶然がなくても墨田たちの嘘に気づいた可能性は十分にあり、見直して損をしたとは思わないし、そのことはどうでもいい。

問題は、たった今発覚した友利の変態性だ。

鈴原は同性愛者だが恋愛対象が同性であるだけで、それ以外の性的嗜好はいたってノーマルだ。ＳＭはもちろん、女装や男装趣味、ちょっとしたフェティシズムもよく理解できないし、正直なところ、気持ちが悪いと思う。そんな倒錯者とは、絶対に関わり合いになりたくない。

だから、一瞬、鈴原は天の助けを得たような気がした。

これは、どれだけ気づかないふりをしてみても、心の奥底で勝手に育ってゆくあの感情を消し去るいいきっかけではないか、と思ったのだ。

黒い軍服を纏い、鞭《むち》をしならせる友利。蠟燭《ろうそく》を片手に、剣呑《けんのん》に微笑む友利。手錠や縄などの拘束具、ローターやディルドなどのアダルトグッズをコレクションしている友利。

奇妙な格好で変態行為に耽《ふけ》る友利を想像しながら、鈴原は自分自身に言い聞かせてみた。

友利はＳＭ趣味の倒錯者だ。

自分には到底理解できない変態だ。

別次元の生き物だ。

心の中で何度もそう繰り返したが、逆効果だった。

想像した友利の危険な姿はどうしようもなく美しく見え、湧いてくるのは、変態でもたまらなくいい男だ、という興奮めいた思いばかりだったからだ。

どうやら、自覚していた以上に重症らしい。

どうしよう、と内心で頭を抱えたとき、友利が「最近、こういうおめでたい話を聞くと、無性に羨ましくなります」と言葉を紡いだ。

「羨ましい？」

「ええ。三十歳までに結婚したい、というか、まあ正確には、生涯のパートナーを得たい、という願望が私にはあるので」

動顛《どうてん》し、早鐘《はやがね》を打っていた心臓がひんやりと固まる。

友利は来年三十歳になる。三十までに「結婚」をしたいのなら、こんな時期に中途半端な気持ちの交際をするわけがない。

つまり、生涯のパートナーに浩輝を選んだ、ということだ。

自分との間に明確な理性の線を引くくせに、妙に態度が親密なのは、近い将来、いわば「義兄弟」の間柄になるつもりだからだろう。

友利の考えが理解できた瞬間、頭の中の混乱がぴたりと凪《な》いだ。

自分のすべきことを、はっきりと悟ったからだ。

目を逸らさずに、認めるべきなのだ。自分が大切な弟の恋人に、浅ましい横恋慕をしていることを。そして、友利にどんなに優しくされたところで、その恋が成就する可能性などかけらもないということを。

どうしよう、などと悩むのも馬鹿らしい。

叶《かな》うはずもない恋と、かけがえのないたったひとりの家族と、どちらが大切か。

――もちろん、浩輝に決まっている。

ならば、とるべき道はひとつしかない。

これ以上の深みにはまる前に、友利と会うのをやめることだ。

腹が決まると、自然と笑顔になれた。

「だったら、そういう場所への出入りは控えたほうがいいんじゃないのか？」

「べつに、行っても、そこで疚《やま》しいことをしているわけじゃないですよ？」

友利も笑んで、ワイングラスを口もとへ運ぶ。

「ただ、同じ嗜好の知人と話をして、独りの夜の寂しさを紛らわせているだけです」

寂しがるのは、それだけ真剣に浩輝を愛しているからだろう。

浩輝の兄として、その誠実さは歓迎する。けれども、浩輝と会えない寂しさを紛らわせるための都合のいい存在にされたくなどない。

これからしばらくは、失恋の苦しみにさらされるのだ。この上、さらにそんな惨《みじ》めな思いを抱えるのはまっぴらだ。

「顔に似合わず、本当に寂しがり屋だな、お前」

「顔は関係ないと思いますけど」

「まあ、かもな」

それから閉店時間まで、笑い合い、飲んで、食べて、友利との最後の晩餐を終えた。

「係長。俺、思うんですけど」

妙に真剣な声で二階堂がそう言ったのは、先月、元夫に飼い犬を強奪された翻訳家の家からの帰り際だった。

元夫は事件発生から三日後に逮捕していたものの、犬が翻訳家のもとへ返されることはなかった。「どうせ自分のものにならないのなら、あの女にだけは渡したくない」と元夫がどこかへ捨てたからだ。元夫は犬を捨てた場所を頑として告げなかった。

警察には犬を捜索する人手も予算もなく、その事件はそれ以上どうすることもできないという後味の悪い結末を迎えるしかなかった。しかし、それからひと月以上が経った今朝、犬が自力で戻ってきたと連絡があったのだ。

警察という組織にとってはあまり意味のない報告だったが、鈴原個人にとってはここ数日で一番嬉しく感じられる出来事だった。

「犬のお巡りさんが本当にいたらいいっすよね。警察犬とかじゃなくて、二本脚で立って、喋る犬のお巡りさん」

「……もう涼しくなったのに、夏の暑さにやられた毒が今頃頭に回ってきたのか、お前」

「違いますよ。犬の能力に、心底感心してるんです」

馬鹿課長が猫派なので、俺は断然犬派です、と公言している二階堂は、ほわんとゆるませた目を鈴原に向ける。

「それでどうして、犬のお巡りさん、になるんだ」

「卓越した能力を持った犬が人間化して、警官になったら、警察のものすごい戦力になると思って。それに、ほら、犬のお巡りさんなら、犬嫌いの可哀想な人と犯罪者以外には、子供からお年寄りにまで愛されますしね。警察のイメージアップにも繋がるでしょう？」

「俺は時々、お前がよく警視庁の採用試験に通ったものだと心底感心するぞ、二階堂」

「そりゃないっすよ、係長」

大げさに眉をしかめて抗議をしたかと思うと、二階堂は親指で自分を指し、茶目っ気たっぷりに片目をつぶった。

「俺は勉強が嫌いですけど、できないわけじゃないんですよ？　どうしてもやらなきゃならないときはやる、アーンドできる男です」

「馬鹿なことを言ってないで、さっさと車を出せ」

深々とため息をつきたくなる気持ちを抱え、鈴原は捜査車両のドアを開ける。二階堂も、「了解っす」と隣の運転席に素早く乗りこむ。鈴原はシートベルトを締め、助手席に背を深く埋めた。それを合図にしたかのように、車がなめらかに走り出した。

二階堂の運転する車の助手席では、重力を感じることがあまりない。鈴原は一度目を閉じてから首を巡らせ、運転技術には評価すべきものが多くある二階堂をじっと眺めた。

「何すか、係長？」

「いや、べつに」

「忙しくて彼女ができないからって、手近な俺に惚れないでくださいよ？　いくら係長が男にしておくのはもったいない美人でも、俺はナチュラル・ボーンな女としかつき合えませんから」

「……安心しろ、二階堂。もし天変地異が起こって、人類の生き残りが俺とお前だけになったとしても、俺はお前には惚れたりしない」

「あ、いやー。そういう状況になったら話は別です。ものすごく検討するので、係長も前向きの検討をお願いします」

「されたかったら、これから署に着くまで、黙って運転しろ。一言も口をきくな」

一瞬の間を置き、二階堂が「あの、係長」と小声で鈴原を呼ぶ。

「この場合、返事はしてもいいんでしょうか？」

「……よくない。とにかく、黙って運転しろ」

低く命じて、鈴原は車窓の外へ視線を移す。

二階堂の相手をするのは、疲れる。元々疲れているときであれば、本気で腹を立てたくなることもある。だが、今の鈴原には、二階堂の能天気ぶりはとても役立っていた。

底抜けのお気楽さが浩輝を連想させ、罪の意識を疼《うず》かせてくれるからだ。

池袋のビストロで友利と食事をした五日前の夜、鈴原は自分の中で、会うのはこれが最後だと決めた。実際、その二日後に誘われたときには、張り込みだから、と断った。

あの夜、鈴原は自分でも驚くほど自然に振る舞えた。

だから、友利が鈴原の反応を訝《いぶか》ることはなかった。

けれども、ただ断るだけという手が通用するのは、あと一度か二度だろう。

何となく気づいてはいたものの、はっきりと認められなかった友利への恋心を眼前へ突きつけられたとたんの失恋に動揺し、その勢いで会うのは最後と決めはした。

だが、よく考えてみれば、正当な理由もなく態度をいきなり豹変させては不審を招くだけだ。怪しまれて気持ちを勘づかれては、元も子もない。

そう思い至ったとたん、決意が揺らいだ。

どうすべきか散々悩み、辿りついたのは、あと何度か、不自然に思われない程度に誘いを断って時間を稼ぎ、その間に気持ちの整理をつけるしかない、という結論だった。

結局は、一日も早く友利への恋心を忘れる以外に方法はないのだ。

鈴原にはまともな恋愛経験もなければ、相談相手もいない。ひとりでは、どうあがいてみても、そんな凡庸な答えに行きつくだけで精一杯だった。

しかし、恋心というものは、忘れようと決めたからと言って、忘れられるものではない。

SM趣味の変態だから、と嫌いになれればすべてが丸く収まったのに、嫌悪など少しも抱けなかった。変態でもいい男だと思ってしまうこの気持ちをどうすれば消去できるのかがわからないし、駄目だと自制すればするほど恋しさは勝手に募ってしまう。

途方に暮れつつ、浩輝を連想させる二階堂を必要以上に視界に入れて、「早く諦めろ」と自分に念じるしかない日々をそれから三日ほど過ごした秋晴れの日、強行犯係は総出で町田市のねぎ畑へ向かった。

もちろん、青々と成長し、秋風に揺れているねぎを収穫するためなどではない。

昨日、小竹が逮捕した殺人未遂事件の被疑者が、逃走中の車から投げ捨てたと供述した凶器を回収するためだ。

自分勝手な動機からある人物に殺意を抱いたあげく、勘違いに勘違いを重ねて何の関係もない通りすがりの大学生を刺した被疑者は、眩暈がしそうなほど広大な畑のどこに凶器を捨てたかについては、「さあなあ」とふざけた調子で首を傾げた。

「真っ暗だったたし、慌ててたからさ。あんま、覚えてねえや。でも、この畑なのは絶対」

取り調べの間、人違いで刺した被害者の容体を気にする素振りすら見せず、ふてぶてしい態度を通している被疑者の言葉には信憑性がない、というのが小竹の意見だった。

鈴原も同感だったけれど、未《いま》だ凶器が発見できておらず、被疑者が「ここに捨てた」と供述した以上、無視はできない。

すぐに捜索を決めたものの、運悪く鑑識係が別件で出払っていた。どこへ飛んだかわからない小さな折りたたみ式のナイフを、小竹とその相棒のふたりだけで探すのは到底無理だったため、鈴原は強行犯係全体での出動とした。

その日は、まるで夏がぶり返したかのような暑さで、「畑仕事」をするにはなかなかきつい日だった。畑の主人に気の毒がられながら、ワイシャツの袖《そで》をまくり上げた全員が汗と土とねぎの臭《にお》いまみれ、炎天下の中、地面に半日這《は》いつくばっても、凶器は見つからなかった。

そして結局、一旦引き上げることにした夕方のことだ。

立ち会っていた被疑者が、ふと思い出したように言った。

「あ。もしかしたら、ここじゃなかったかも」

ワイシャツとスラックスをすっかり駄目にした鈴原たちをにやにやと笑って見回し、被疑者は頷いた。

「そうそう。やっぱ、ここじゃないわ。ここは、立ちションすんのに寄っただけだったわ」

「何だとぉ！」

怒声を轟《とどろ》かせ、真っ先に反応したのは二階堂だった。

小竹の担当したこの殺人未遂事件の捜査に直接関わりはしていないが、二階堂は人違いで刺されてしまった被害者にずいぶん同情し、一番熱心にねぎを掻《か》き分けていた。そのぶん、誰よりも深い怒りを覚えたのだろう。憤怒の形相になって、被疑者に摑みかかろうとした。

「やめろ、二階堂っ」

鈴原を含めた数人がいっせいに同じ言葉を叫んで、二階堂と被疑者の間に飛びこむ。

「一発、殴らせてくださいっ。後生です、係長！　一発でいいんですっ」

「何が、後生だ！　馬鹿！」

「じゃあ、一生のお願いです！　俺はそいつをぶん殴りたいんですっ」

「貴様の一生は何回あるんだ、馬鹿野郎！」

怒鳴った小竹の脇から、心配顔の畑の主人も首を突っこんでくる。

「ちょっと、ちょっと。犯人殴っちゃ、まずいんじゃないの、刑事さん」

「まずい、っつうか、犯罪だろ！　俺は無抵抗なんだぞ！　手錠に腰縄までされてて！」

「そりゃ、そうされても仕方ないこと、お前さんがしたからだ。俺だって、大事な畑の前でションベンされたんだから、できるもんなら、お前さんを殴ってやりたいよ」

「関係ないねぎジジイは引っこんでろよ！　おい、あんた。そのイカれた目は何だよ。マジで殴るなよ！　殴ったりしたら、警視庁宛に慰謝料がっぽり請求してやるからな！」

「ふざけんなっ。警察舐《な》めてると、痛い目見るぞ！」

「痛い目ってどんな目だよ？　俺が隠したナイフひとつ見つけられねえ無能のくせに」

「ぶっ飛ばす！　絶対、ぶっ飛ばす！」

「おい、誰か早くその馬鹿を車に放りこめ！」

「どっちの馬鹿だ。二階堂かよ、マル被かよ！」

皆が口々に怒鳴り合い、畑の主人まで参加してもみ合っていたさなか、二階堂の振り回した腕が鈴原に当たった。

大した衝撃ではなかったのに、足場が悪かったことが災いした。踏ん張ろうとして動かした靴先がすべり、鈴原はすぐ後ろの用水路へぽしゃんと転げ落ちた。

浅い用水路だったので、下半身がずぶ濡れになる以外の被害は受けなかったものの、そのあとも災難は続いた。

どうにか騒ぎを収拾して署へ戻ると、今度は課長の宮ノ木から被疑者に翻弄されただけで、何の成果も上げられなかったことを激しい言葉で叱責された。着替えも許されずに延々と。

宮ノ木の甲高《かんだか》い喚《わめ》き声を聞きながら、ぐっしょりと重く水を含んだスラックスが肌に貼りついたまま生乾いてゆくのを感じるのは、不快でたまらなかった。

しかも、もはや単なる意味不明な嫌がらせと化した宮ノ木の最後の言葉に、ただでさえささくれ立っていた神経を深く逆撫《さかな》でされた。

「それはそうと、鈴原君。君さあ、臭いよ」

あー、臭い、臭い、と宮ノ木は嫌味たっぷりに鼻の前で手を振る。

「困るんだよねえ、そんな臭いをぷんぷんさせてうろつかれると。話をする相手に不快感を与えない、くらいの配慮はできないのかね？　そういう最低限の注意も払えないくせに、よく警部補になれたね、君」

相手にする価値のない男とは言え、宮ノ木はその地位に見合った力を持つ上司には違いない。怒りにまかせてうっかり反応すれば、こちらが馬鹿を見る羽目になりかねない。

理性を総動員してどうにか堪《こら》えたものの、このままでは腹の虫がどうにも治まらない。寮へ戻る前に、胸を滾《たぎ》らせるこのむかつきをどこかへ捨てたかった。

しかし、その捨て場所がなかなか見つからなかった。今日、鈴原に降りかかった災難の元凶はあの被疑者だが、個人的な制裁を加えるわけにはいかない。大きな図体をしょんぼりと丸め、反省しているらしい二階堂を怒鳴る気にもなれなかった。

仕方がないので、鈴原はひとけのない階段の踊り場で壁を蹴って、鬱憤晴らしをした。シャワーを浴びるよりも、着替えるよりも、まずはそうせずにはいられなかった。

もう定時を過ぎていたので、署員の数がだいぶん減っていたのが不幸中の幸いだった。鈴原は気兼ねなく、渾身の力をこめて何度も蹴り上げ、踏みつけた。壁の上に思い描いた、宮ノ木とあの被疑者の顔を。

やがて感じはじめた脚の痛みにもかまわず、ひたすら壁を蹴り続けていたときだった。

「鈴原さん？　何をしているんですか？」

ふいに聞こえてきた友利の声に、肩が大きく跳ねる。

聞き違いであってほしかったけれど、振り向くと事務官を連れた友利が立っていた。友利も事務官も、唖然とした眼差しを鈴原に向けている。

「……検事」

一週間ぶりに会う友利に、どうしてよりにもよって、こんな酷い格好で、こんなみっともないことをしているところを目撃されねばならないのだろう。

一体、今日は何の厄日だ。そう叫び、頭を抱えたい思いで頰を引き攣らせ、ぎこちない愛想笑いを返すと、友利が事務官に先に庁舎へ戻るように指示をした。事務官は頷き、その場を足早に去る。

「何か、あったんですか?」

「……お気になさらず。検事こそ、わざわざどうされたんですか?」

「今、担当している交通事故事件の事故車両を見たかったので」

友利の貴公子然とした優雅さは、いつも通りだ。

ピンストライプの濃紺の三つ揃いを一分の隙《すき》もなく着こなしている男の前では、土に汗にねぎ臭、用水路臭にまみれた自分の格好がとにかく恥ずかしかった。

思わず気後れして後退《あとずさ》った以上に友利は歩を進め、鈴原との距離を縮めた。

「それより、気にするなと言われても、とても気になりますが、よほど腹の立つことでもあったんですか?」

「いえ、大したことでは……」

また後退ると、友利もまた近寄ってくる。

背中はすぐに壁につき、鈴原は身体を逃がす場所を失う。

「……あの、検事。もう少し、離れてもらえますか？」

「なぜですか？」

友利が不思議そうにまたたく。

「私は今、臭いので。今日一日、ねぎ畑を這い回っていましたし、用水路にも落ちましたから……」

「普通、一日真面目に仕事をした匂いを、臭いとは言わないと思いますが」

そう告げた友利は、優しげに淡く微笑んでいた。

職務中は、どこで誰に会おうと笑顔は見せないはずなのに――。

「それに、そういうことはべつにしても、臭いなんてまったく感じませんよ。私は、ねぎは好きですしね」

友利の目もとも口もともさらにほころび、その美貌の中にあでやかな笑みがはっきりと浮かび上がる。

眩《まぶ》しいほどに美しい笑顔が網膜に沁みこんできて、全身の肌がざわめく。

先ほど、事務官のほうは、夜道で宇宙人にでも遭遇したかのような表情をしていたくらいだ。薄暗がりで一心不乱に壁を蹴る姿がよほど異様に見えたために、友利は鈴原のことを心配してくれているのだろう。

おそらくは、「鈴原だから」というよりは、「鈴原がいずれ、義兄になるから」という理由で。それでも、鈴原は嬉しかった。どうしようもない喜びが、体内を駆け巡った。

職務中は笑わないと決めていたはずの男が、そのルールを破ってくれたことで、何か一線を越えた特別扱いをされた気がしたのだ。

「まあ、それは置いておいて、ねぎ畑と用水路だけが原因で、こういうことをしていたわけじゃないですよね？」

「……ええ、まあ……」

「では、私でよければ、話をお聞きしますよ？　こういうストレスの発散の仕方は、あまり身体によくないと思いますし」

頭のどこかで、警鐘のような音が鳴っているのが聞こえた。

けれども、拒むことなどできなかった。芳醇な花の香りに吸い寄せられる蜜蜂のように、鈴原はやわらかな声音の囁きに頷きを返した。

「嫌なことを忘れるには、美味《うま》い料理と酒に限ります。今晩くらいは、とびきり豪勢にいきましょう」

今日はもう帰るだけだし、ちょうど数日前が給料日で、懐《ふところ》具合は良好だ。友利《ともり》のそんな提案に異存はなく、都内でも三本指に入る港区のホテルのロビーで八時に会う約束をした。

帰宅準備に取りかかるため、刑組課のオフィスへ急いで引き返すと、当直勤務の二階堂《にかいどう》がまだしゅんと縮こまっていた。総務係の女性職員相手に「係長をうっかり用水路に落としちゃって……。どうせ落とすんなら、小竹《こたけ》さんあたりにしておけばよかったのに、最悪だよ。俺って馬鹿だ。大馬鹿だ」とうつむいて、ぼそぼそと呟《つぶや》いている。

気に病む点がおかしいし、その明後日《あさって》の方向に向いている反省の念は、おそらく一晩寝ればどこかへ飛んでいくものだとわかっていた。しかし、今は気分がいい。馬鹿な部下を励ましてやる心の余裕が、鈴原《すずはら》にはあった。

鈴原は二階堂にデザートつきの夕食の出前を取ってやり、一晩すらもたずに改悛《かいしゅん》の色をぱっと消した満面の笑顔に見送られ、一旦寮へ戻った。

友利はああ言ってくれたが、すれ違った寮員は皆、顔をしかめたし、自分でもかなり臭《にお》っているのがわかった。鈴原は部屋の浴室で丁寧に身体《からだ》を洗い、一番いいスーツを着こんだ。

寮長に外出する旨を告げ、寮の近くのコンビニで金を下ろしてから、ホテルに向かった。先に着き、鈴原を待っていた友利に連れていかれたのは、懐石料理の店だった。

元々気軽に入店できるような店は一軒もない中で、一際格式が高そうな店構えだ。十分な準備はしてきたけれど、それでも一瞬、財布の中身を心配した鈴原に、友利が「今晩だけは、私に奢《おご》らせください」と笑んだ。

「誘ったのは私ですし、どうせなら、値段など気にせずに極上のものを好きなだけ食べて飲んで、気持ちよく鬱憤《うっぷん》を捨てていただきたいので」

友利の気遣いは、耳に心地よく響いた。

自分のほうが年上なのにという意地や躊躇《ためら》いは生まれず、そう遠くない日に義兄弟になるだろう男から示された厚意に、鈴原は素直に甘えることにした。

ふたり用の座卓が置かれた個室へ通される。しっとりと落ち着いた雰囲気の部屋で、椅子に腰を下ろしてすぐ、鈴原も友利も上着を脱いで寛《くつろ》いだ。

まるで厄日のようだった今日の出来事を話しながら、鈴原は舌が蕩《とろ》けそうになる美酒や彩りも味つけもこの上なく繊細な料理の数々を存分に楽しんだ。

疲弊していた身体には、早々に酔いが回った。そのせいなのか、重なった災難を労《ねぎら》ってくれる友利の声がいつも以上に甘く聞こえた。

ラストオーダーの時間になった頃には、抱えていた蟠《わだかま》りは跡形もなく溶けていて、鈴原の胸は酩酊感《めいていかん》で満たされていた。とにかく、とても気分がよかった。肌がふわふわとした熱を帯びているだけでなく、身体の奥で細胞までもが浮かれて弾《はじ》けているような錯覚を覚えるほど、鈴原は高揚していた。

だから、口が勝手に動いてしまった。

心の整理がつくまでは、友利とは距離を置くつもりだったのに。

浩輝《こうき》へのけじめとして、自分からは決して誘わないつもりだったのに。

「この次は、俺が奢る。奢られたままなのは落ち着かないから、次はなるべく早く行こうぜ。都合が合えば、明日にでも」

「鈴原さんから次を誘われたのは、初めてですね」

「そうだったか？」

とぼけて首を傾《かし》げた鈴原に、友利が「ええ」と頷《うなず》きを返す。

「初めて誘ってもらえたのが嬉《うれ》しくて、最近ちょっとないくらい胸が高鳴っていますから」

そう言った男は、整いすぎるほど整った顔にやわらかな微笑を湛《たた》えていた。

けれども、その目もとは涼やかで、凛然《りんぜん》としている。

友利は酒に強い。三杯目の冷酒グラスを空《から》にしかけているとはとても思えないその顔は、やはり到底、胸が高鳴っているふうでもない。

当然だが、友利の言葉は単なる戯《ざ》れ言のようだ。

「嘘《うそ》つけ。そんな落ち着きはらった顔して、どこがだよ」

「べつに、嘘じゃありませんよ。こういう顔なだけです」

友利は、肩を軽く竦《すく》めて苦笑する。

「でも、本当のことを言えば、この前の約束を履行してもらえるほうが、もっとずっと嬉しいと思っています」

「この前の約束？」

「ええ。ピアノ、観客が私だけなら、弾いていただけるんですよね？」

言って、友利は長い人差し指をすっと流して天井へ向ける。

「実は、ピアノのある部屋を取ってあるんです」

鈴原は経済的には恵まれた環境で育ったが、こうした高級ホテルにはあまり縁がない。利用経験と言えば、母親が元気だった頃、何度か食事をしに連れてきてもらったていどだ。

それでも、「ピアノのある部屋」がどんな種類の部屋なのかの想像は容易につく。

確かめてみると、思った通り、最上階のスイートルームだった。

「……スイートって、俺にピアノを弾かせるために、そんな部屋を取ったのか？」

「ええ」

事もなげな声音が、ごく軽い調子で返ってくる。

「……なあ、友利」

「はい、何でしょう？」

「お前、実は法律関係以外のことについては大馬鹿だっだりするのか？」

「そういうつもりはありませんが、なぜです？」

椎崎 夕［近すぎて、遠い］
ill.花小蒔朔依●600円（本体価格571円）
和泉 桂［魔法のキスより甘く］
ill.コウキ。●620円（本体価格590円）
真崎ひかる
［魔法のリミット］
ill.相葉キョウコ
●600円（本体価格571円）
凪良ゆう
［雨降りvega］
ill.麻々原絵里依
●620円（本体価格590円）
鳥谷しず
［間違いだらけの恋だとしても］
ill.鈴倉 温●620円（本体価格590円）
新装版
崎谷はるひ
［その指さえも］
ill.ヤマダサクラコ●650円（本体価格619円）
文庫化
雪代鞠絵
［月夜の王子に囚われて］
ill.緒田涼歌●620円（本体価格590円）
2013年
12月刊
毎月15日発売
幻冬舎 ルチル文庫
2014年1月17日発売予定 予価各580円（本体予価各552円）
神奈木智［あの空が眠る頃］ill.六芦かえで
高峰あいす［約束の花嫁］ill.陵クミコ
染井吉乃［蜜月《ハネムーン》サラダを一緒に］ill.穂波ゆきね
水上ルイ［ゆるふわ花嫁修業 初めての発情期］ill.花小蒔朔衣
神香うらら［英国紳士の意地悪な愛情］ill.椿森 花
かわい有美子［東方美人《オリエンタル・ビューティー》］ill.雨澄ノカ《文庫化》
愁堂れな［罪な復讐］ill.陸裕千景子《文庫化》
最新情報はこちら➡［ルチルポータルサイト］http://rutile-official.jp

ルCDコレクション
RCDCのお知らせ
大人気のルチル文庫
「茅島氏の優雅な生活1～3」を
各巻ディスク2枚組の
上下巻として音声ドラマ化!!
茅島氏の優雅な生活 上
原作:遠野春日 ill:日高ショーコ
12/30
発売
ジャケットイラストは
日高ショーコ描き下ろし!!
メインキャスト
茅島澄人：興津和幸
庭師の彼：高橋広樹 ほか
価格：5250円（税込）※ディスク2枚組
◎初回特典：遠野春日 書き下ろしストーリーミニドラマCD
◎幻冬舎コミックス直販特典：遠野春日 書き下ろし小冊子
好評発売中の
タイトル
ご購入は【ルチルオフィシャル通販】
あるいは【郵便振替】でどうぞ。
詳しくはhttp://rutile-official.jpへアクセス!!
「心臓がふかく爆ぜている」
原作：崎谷はるひ ill：志水ゆき
価格：5000円（税込）※ディスク2枚組
「静かにことばは揺れている」
原作：崎谷はるひ ill：志水ゆき
価格：5000円（税込）※ディスク2枚組

「俺、言ったよな？　ピアノにはずっと触ってないから、浩輝と比べたら幼稚園児レベルの演奏しかできない、って」

「私も言いましたよね？」

鈴原を見つめ、友利が艶然《えんぜん》と微笑《ほほえ》む。

「それでもかまいませんから、聴きたいです、と。それから、鈴原さんと浩輝を比べる気などないことも」

スイートルームの時間割り使用などできるはずもないのだから、友利は一泊分の料金を支払って部屋を押さえているのだろう。

――まともに指が動くかすら定かではない鈴原の演奏を、ほんの何曲か聴くためだけに。

SM趣味の変態だけあって、友利の言動は相当におかしい、と鈴原は思った。けれども、悪い気は少しもしなかった。

閉店間際まで酒を酌《く》み交わしたあと、脱いでいた上着に袖《そで》を通し、身繕《みづくろ》いをしてから、エレベーターで最上階へ上がった。

重厚な扉を潜《くぐ》り、毛足の長い絨毯《じゅうたん》が敷かれた廊下を歩く。その先の、豪華な調度品に囲まれたリビングスペースらしい広い部屋の中央に、つややかな漆黒の輝きと堂々とした存在感を放つグランドピアノが置かれていた。スタインウェイだ。

最高級クラスのホテルのスイートルームに入るのは初めてで、これから先、足を踏み入れる機会もそうそうないだろう。だが、部屋の全体を見てみたいという好奇心は起こらなかった。鈴原はまっすぐにスタインウェイの前へ向かった。やめたことを後悔はしていないし、未練もないが、一級品のピアノを目の前にするとやはり興奮してしまう。

鈴原は椅子に座り、鍵盤に指を置く。

一瞬、かすかにひやりとした感触が、身体の奥深くで眠っていた記憶を呼び覚ます。どこからともなく浮かび上がってきた音符が頭の中で軽やかに跳ね回り、指が自然と動き出した。テイク・ファイブ、この素晴らしき世界、ムーンライト・セレナーデ、イン・ザ・ムード、フライ・ミー・トゥー・ザ・ムーン。

音楽に特に興味のない者でも、必ずどこかで耳にしているはずのスタンダード・ナンバーを鈴原は続けて弾いた。

叩《たた》いた鍵盤から音が広がり、溢《あふ》れてゆく久々の感覚に、どうしようもなくうきうきした。そんな心の昂《たか》ぶりに指がついてこず、ところどころ音が縺《もつ》れたり、飛んだりしたものの、ひとりだけの観客である友利は喜び、笑顔で拍手をしてくれた。

「素晴らしかったです。とても感動しました」

友利は座っていた窓際のソファから立ち上がり、悠然とした足取りで鈴原のもとへ寄ってくると、鈴原と目線を合わせるように跪いた。

「……見え透いた空世辞は、萎《な》える」

鈴原は年下の男からふいと顔を背けた。

友利の眸《ひとみ》は嬉しげに輝いていて、贈られたのが本心からの言葉だということはわかった。それだけに、どうにも落ち着かなかったのだ。

実際に弾いてみると、考えていた以上に指は動いたとは言え、ミスなく弾けた曲は一曲もなかった。そして、それは友利にも伝わったはずだ。なのに、どうして、友利は自分に向ける双眸《そうぼう》をこんなにも美しく煌《きら》めかせて喜んでいるのだろう。

結局、友利は冷酒のグラスを四杯空《あ》けた。酒に強い体質だから平然としているふうに見えているだけで、実は泥酔状態なのだろうか。

「お世辞ではありません。聴けて本当によかったと興奮しています。ずっと、鈴原さんの指がどんな音を鳴らすのか、知りたかったので」

「そう、か……」

「ええ。この前のアボットのライブより、遥《はる》かに楽しめました」

「おい。いくらサックスとトランペットが聞き分けられない耳にしても、それはアボットへの冒瀆《ぼうとく》だぞ。俺のピアノがアボットよりいいはずがない」

思わず苦笑いした鈴原に、友利は「そんなことはありません」とやけにきっぱりとした否定を返す。

「音楽の楽しみ方は人それぞれなんですから、十人の人間がいれば、十通りの好みがあって当然でしょう？　私は、鈴原さんのピアノのほうがいいと感じました。できれば、毎日聴かせていただきたいくらいに」

酔っ払いの妄言だと承知していても、好きな男が囁《ささや》いてくれる賛辞だ。

ついつい気分がよくなり、鈴原は頬《ほお》をゆるませる。

「一緒に住んでるわけでもないのに、毎日なんて、どう考えても無理――」

言いかけた言葉を、鈴原は途中で呑みこんだ。

ふいに右手の甲にそろりと指を這《は》わされ、驚いたからだ。

「何で、人の手に触るんだ……」

「本当に綺麗《きれい》だと思って」

「綺麗？」

「ええ。初めてお会いしたときにも思いましたけど、刑事にしておくには、もったいない美しさです」

言いながら、友利は鈴原の手をやわらかく撫《な》でる。甲の部分から五本それぞれの指先までを、ゆっくりと。

愛撫めいたその蠢《うごめ》きに、首筋がざわざわと粟立《あわだ》った。

「ましてや、この美しい指がねぎ掘りに使われたなんて。ねぎに罪はありませんけど、ちょっと悲しくて泣けてきます」

「……いや、ねぎは掘ってない。ねぎ畑で証拠品のナイフを探していただけだ」

「どちらでも、同じことです」

友利はひどく嘆かわしげに眉《まゆ》を寄せ、首を振った。

「素晴らしく魅力的な魔法の音を生み出すこの手の使い方を、間違っています」

「魔法の音って……」

あまりに大げさな物言いに、鈴原は啞然《あぜん》と目を瞠《みは》る。

「お前、どれだけ酔ってるんだよ」

「酔ってませんよ、全然」

やわらかな笑みを含んだ声音で答え、友利は指を絡めてくる。

「鈴原さんは、どうしてピアノをやめたんですか？　浩輝からご両親の離婚後にやめられたと聞きましたけど、離婚されて経済的な問題が生じたわけではなかったんですよね？」

返事に迷い、一瞬震えた手を包みこむように強く握られる。

友利の温かな体温をはっきりと感じ、心臓が痛いほどに鼓動を速めてゆく。

「……離婚の理由は、聞いたか？」

ええ、と友利は静かに頷く。

「……俺も……だ」

喉《のど》に引っかかりかけた逡巡《しゅんじゅん》が身体の中へ流れこんでくる友利の熱に溶かされ、掠《かす》れ声となって短くこぼれ落ちる。

「え？」

「俺も、浩輝やお前と同じだ。だから、だ。だから、やめた」

鈴原は友利の手を握り返し、小さく息を吸ってから、一気に打ち明けた。

ピアノをやめた理由。かつて、母親に対して抱《いだ》いていた一言では言い表せない、複雑に絡まって縺れた感情。苦しいのは自分だけだと思いこみ、母親の葛藤《かっとう》に気づけなかった後悔。

さすがに、この歳《とし》になってまだ一度も同性との恋愛経験がないことはみっともなくて隠した。ばらされるかもしれない、と疑っていたのかと思われたくなくて、浩輝にこの性癖を未《いま》だに告げられてないことも曖昧《あいまい》にごまかした。

だが、それ以外の秘密を鈴原はすべて、友利に話した。

酒のせいも少しはある。まったくの素面《しらふ》だったら、もしかすると違った反応をしていたかもしれない。

けれども、明日の朝、酔いから醒《さ》めても後悔しないと確信できた。友利の真摯《しんし》な人柄を信頼してるから。恋心を抜きにしても、友利の誠実さは誰よりも好ましいものだから。

それに、今まで誰にも話せなかったからこそ、知られても大丈夫だと信じられる者に話を聞いてもらえる機会を逃したくなかったのかもしれない。

「鈴原さん」

語り終えた鈴原を、友利が穏やかに呼ぶ。

鈴原はゆっくりと友利を見つめ、ずっと手を握ってくれていた男と指でそうしているように、視線を絡ませ合う。

「今、ここには私と鈴原さんしかいません」

「ああ、そうだな」

小さく笑った鈴原の頬を、友利は左手で包みこむ。右手は、しっかりと繋《つな》いだままで。

「だから、もし泣きたければ、遠慮なく泣いてください」

「……俺は、泣きたそうに見えるのか？」

「そうですね、少し」

慈しむ眼差《まなざ》しで鈴原を見つめ、友利は頷いた。

「そんな顔をされるということは、お母さんとのことはきっぱり乗り越えられた過去というよりは、まだ少し蟠りや後悔があるのでしょう？」

そう指摘され、鈴原はゆっくりとまたたく。

「でも、鈴原さんは長い間、十分に頑張られたんですから、苦しかったり、悲しかったりした気持ちはもう全部、捨ててもいいはずですよ」

紡がれた優しい声音を心の中で抱きしめながら、鈴原は思った。

友利の言葉こそが、魔法のようだ、と。

母親を恨む気持ちはかけらも持っていない。けれども、ずっとひとりで悩みを抱えこむしかなかった辛《つら》さが、心の奥底で澱《おり》となって溜《た》まり、未だに凝っていたのも確かだ。

なのに、そんな胸の濁りは、友利にその存在を気づいてもらい、慰撫された瞬間、ほろほろと溶けて消えた。まるで、温かな春の陽光をそそがれた雪のように。

「……十年前に同じことを言われていたら、子供みたいにわんわん泣いただろうが、もうそんな歳じゃないからな」

冗談めかして言って、鈴原は首を振った。

「何歳になったから泣いてはいけない、なんて決まりはありませんよ？」

ひどく美しく微笑んだ友利に目もとをそっと押され、眦《まなじり》が熱くなる。

望んだ以上の言葉を与えられ、嬉しくて、だが同時にとても苦しくもなった。

初めて会ったときも、予期せぬかたちで再会したときも、鈴原は友利をうわべだけで判断した。見た目は好みでも、腹の立ついけ好かない奴だ、と嫌悪感を覚えた。

だが、友利の内面を知った今は、どうしようもなく好きだと感じる。

好きで好きで、たまらないと思う。

外見が、ではない。その誠実さや優しさに、強く深く惹《ひ》きつけられる。

どうして、友利は浩輝の恋人なのだろうか。

どうして、自分が先に友利と出会えなかったのだろうか。

自分には、浩輝のように、友利よりも優先したい夢などない。もし、自分が友利の恋人なら、友利をひとりにして寂しい思いをさせることなど、絶対にしないのに。十年近く勤務した職場への愛着はあるが、友利が地方へ転勤になったとき、望まれれば警察を辞め、ついて行ってもいいくらいなのに。

考えても仕方のないことが、頭の中をぐるぐると巡る。

浩輝への浅ましい羨望と嫉妬からこぼれそうになった涙を、鈴原はうつむき加減に笑って堪《こら》える。

「そういうことを年下に真顔で言われると、据わりが悪くてむずむずする」

おかしいふりをして、鈴原はこみ上げてくるものを必死で押し戻す。

「たった一歳差ですよ。それに、背は私のほうが高いです」

「背は関係ないだろう」

「ありますよ。低いより、高いほうが支えになりますから。心身共に」

「わかるような、わからないような理屈だな」

鈴原は目を細め、淡い笑みを漏らす。

「さすがに、年下の前で泣こうとは思わないが……」

「が、何です?」

躊躇って、声を呑んだ鈴原に、友利が微笑んで先を促す。

この笑顔が自分だけのものだったら。もうすぐ義兄弟になる者としてではなく、ひとりの男として友利が自分を見てくれたら。

——そうだったら、どんなに幸せだろうか。

そんな埒《らち》もない妄想をしながら、鈴原は唇をゆっくりと動かす。

「もう少し、手を握っていてくれ。気持ちの整理をつけたい」

「どうぞ」

優しい酔っぱらいは不審がる顔も、迷惑がる顔もせず、鈴原の頼みを聞いてくれた。

整理したい「気持ち」が自分への恋心だとは思いもしないらしい男の手に縋《すが》る力を、鈴原は少し強める。すると、友利も鈴原の手を強く握り返してきた。

友利は、自分の弟と愛し合っているのだ。決して恋をしてはならない相手なのだから、どれほど想いを深めたところで成就する可能性などないのだから、いい加減に諦《あきら》めるべきだ。

もう十分に優しくしてもらえたのだから、今晩がそのいい機会だ。

できることなら、友利への邪《よこしま》な気持ちを今すぐにでも捨て去りたい。

それは、鈴原の偽りのない本心だ。

けれども、その反面で、このまま時間が止まればいいのに、と願っているのも事実だ。

自分の心なのに、こんなにもままならない。

途方に暮れながら、鈴原は窓の外に浮かぶ白い月をぼんやりと見つめた。

気持ちが揺れるので、友利の顔は見られなかった。言葉も交わせなかった。しんとした静寂の満ちた部屋で、どれくらいの間、黙って手を握り合っていただろうか。友利が「そろそろ落ち着きましたか」と尋ねてきた。

本当は、もう少し友利の体温を感じていたかった。しかし、あまりしつこくし過ぎると怪しまれてしまう。

「ああ……」

頷いて、手を離した直後、腕を引かれ、一緒に立たされた。

「じゃあ、いいですか?」

もう帰ろうという意味なのだろうか。

何を問われているのかがよくわからず、鈴原は首を傾げた。

「何が?」

「こういう場面で、セックス以外の展開があるでしょうか?」

苦笑気味に反問された瞬間、胸に大きな驚きが湧く。

「……俺は浩輝じゃないぞ、酔っ払い」

「ええ。それはわかってますよ。さっきも言ったじゃないですか。あなたこそ、酔っ払ってるんですか?」

やわらかに笑んだ友利の指先が、鈴原の頤《おとがい》を掬《すく》う。

「私は今ここにいる、可愛い酔っ払いの警部補とセックスがしたいんです」

酔っ払いは絶対にお前だ、と思ったけれど、なぜか言葉にならなかった。

鈴原は驚いていたし、困惑していた。だが、もう一度「ねえ、鈴原さん。私はあなたと愛し合いたいんです」と誘われたとき、戸惑いが狡《ずる》い悦《よろこ》びへと変わってしまった。

浩輝を生涯のパートナーに選ぶほど愛してはいても、友利は寂しがり屋だ。今までにも何度かそう口にしたし、夜、自分と会うようになったのも、まさにそれが原因だった。

友利は今きっと、相当に酔っている。そして、その酔いが、寂しさを増幅させたのだろう。ピアノを弾いたことで、この酔っ払い検事の中の浩輝への恋しさを煽《あお》ってしまったのだろう。

浩輝とは見た目はあまり似ていないつもりだったが、それでも血の繋がった兄弟だ。この優しい酔っぱらいには、自分の姿が浩輝に似て見えているのだろう。

そんな状態でこうして手を握り合っているうちに、人肌を恋しく思う気持ちが溢れてきて、我慢できなくなったのだろう。

友利も自分も、酔っている。

ただでさえ、人間は間違う生き物なのだから、理性が保てないほど酔えば大きな過ちを犯しても仕方がない。

だが、けれど。これきりにするから。今晩限りの、酒の過ちにするから。

だから、友利との思い出を一度だけ持つことを許してほしい。

心の中で何度も何度も浩輝に詫《わ》びて、鈴原は自分から友利に口づけ、誘いに応じた。

舌を絡ませ合い、きつく吸い合う深い口づけを幾度も繰り返したあと、その場で立ったままスーツの上着を奪われ、ネクタイをほどかれた。

「ん……っ」

「鈴原、さん……」

正面に立ち、甘やかな吐息と共に唇を啄《ついば》んでくる男の指が、性急にワイシャツのボタンをはずしてゆく。

時折、何かを確かめるように向けられる強い眼差しは欲情した雄の煌めきそのもので、鈴原は本能で友利が自分を抱こうとしているのだと悟った。

それに、友利はどうやら寝室へ移動する気がまったくなさそうだ。

同性と身体を繋げることも、ベッドの上以外でセックスをすることも初めてで、少し驚いたけれども、べつに嫌だとは思わなかった。

友利がＳＭ趣味の変態なのはすでに知っていたし、年上の矜持《きょうじ》よりも好きな男と愛し合いたい欲望のほうが遥かに大きかった。そもそも、同性と両想いになった経験がないせいで、鈴原は自分が抱く側なのか、抱かれる側なのかについて、あまりはっきりとした認識を持っていない。そのため、どちら側でも大した問題ではないように感じたのだ。

何より、抗《あらが》うことで友利を正気づかせ、行為が中断してしまうことが怖かった。鈴原は、この幸運を逃がしたくはなかった。

だから、鈴原は友利の愛撫を受け入れ、身を任せた。

「友利……」

男を呼ぶ声で快感を示し、その首筋に顔を擦《こす》りつけると、ピアノの側板に背を押し当てられ、胸をはだけられた。

「鈴原さんの肌、白くて綺麗ですね」

嬉しげに笑んだ友利の手に、ワイシャツも奪われた。

纏《まと》うものがなくなった上半身を、視線でねっとりと舐《な》め回される。雄の眼差しはやがて、乳首の上でぴたりと止まった。

今まで、そこにあることを意識すらしていなかったものなのに、刺し嬲《なぶ》るような目で凝視され、居たたまれなさに肌がどんどんと熱を孕《はら》んで火照《ほて》る。

「……な、何で、そんなにじろじろ見るんだ」

恥ずかしくてたまらなくなり、鈴原は咄嗟《とっさ》に両手で胸を覆った。

だが、手はすぐに乳首の上からやんわりと払いのけられ、隠したことを咎《とが》めるように唇を甘嚙《あまが》みされた。

「鈴原さん。乳首は、男に見せるためのものですよ。隠すものではありません」

「それは、お前の変態持論だろ。一般常識みたいに言うな」

「一般常識ですよ。世の中に乳首の嫌いな男なんていませんし、男とはおしなべて、乳首を見て悦びたい生き物なんですから」

艶然と微笑んで断言し、友利は鈴原のベルトに手をかける。

「私は、乳首を舐めたり、いじったりして硬くするのももちろん好きですけど、ほかの場所への刺激でひとりでに完全勃起した瞬間をいただくのが一番好きなんです」

告げながら、友利はベルトを外してファスナーを下ろし、鈴原の下半身もあらわにしてゆく。

「いただくって、何だ、それ……」

恐る恐る尋ねた鈴原に、友利は「すぐにわかりますよ」と獣めいた輝きを宿す双眸を美しい三日月形にたわめる。

「だから、鈴原さんの乳首の艶姿、見せていただけますか?」

乳首の艶姿、などという言葉は初めて耳にした。

普段の紳士的な物腰や、職務中の冷然とした姿が嘘のような変態ぶりだ。しかも、どんなときよりも生き生きとしているふうに見え、鈴原は少し呆《あき》れた。

やはり、友利の性癖はどうにも理解しがたい。けれども、惚《ほ》れた弱みなのか、嫌悪は感じないし、今夜限りのことなのだから、よほどの変態的無理難題でなければ、望まれる行為を拒みたくはなかった。

「……ああ。お前の、好きにしろよ」

伏し目がちに答えたとたん、下着と一緒にスラックスを脚から引き抜かれる。

布地が肌をすべり落ちてゆき、陰毛の茂りと、その下にまっすぐに垂れる薄紅色の陰茎が友利の眼前であばかれる。

鈴原は元々が太らない体質で、実際よりも身長が高く見える四肢の絶妙なバランスを母親から受け継いだ。特別に鍛えなくても、細身の身体には毎日の勤務でほどよい筋肉がついているし、幸い性器にも特に欠陥はない。

だから、今まで、誰に裸体を見られても恥ずかしいと思ったことなどないのに、友利の視線にはなぜか羞恥心を煽られる。

これが、本当に好きな相手との初めてのセックスだからだろうか。それとも、優雅な三つ揃《ぞろ》いが少しも着崩れていない友利の前で、靴下だけを身につけたひどく間の抜けた格好をさらしているからだろうか。

どちらにしろ、落ち着かない気分で、鈴原は視線をうろうろと泳がせた。

「鈴原さんは、手も肌も、ペニスも綺麗なんですね」

友利の目を満足させた褒美めいたキスを頬に受けたあと、ペニスを握られた。

性器に直接、男の体温を感じる快感に、鈴原は背をしならせる。

「あ……」

友利の指は、根元付近を二、三度、もてあそぶ手つきでもみつぶしてから、裏筋の皮膚をすっと撫で上げつつ亀頭部分へ移動した。

「ペニスもですけど、乳首を早く勃《た》ててくださいね。この愛らしい孔《あな》をいじって、気持ちよくしてあげますから」

「……え?」

聞こえてきた言葉の意味を考え、首を傾げたときだった。

先端の秘裂に鋭い刺激を感じて鼓動が大きく跳ね、鈴原は腰を振って悶《もだ》えた。

「——ああっ!」

やわらかく萎《な》えているペニスの先の、まだ単なる排泄器官でしかない密《ひそ》やかな割れ目だけをぐりぐりとくじられる強烈な感覚を生まれて初めて教えられ、目が眩《くら》んだ。

「あっ! ひぅ……っ、あ、あ、あぁ……んっ!」

自分の手でも、数少ない女との交わりでも経験したことのない快楽に、一体誰のものかと思うような高い声が迸《ほとばし》ったけれど、狼狽《うろた》える余裕もなかった。

「そのいい声、もっと聞かせてください」

「あっ、や……っ、あ、あ……！」

蜜口の秘唇をこじ開けるようにしてかりかりとつつき擦られるのがたまらず、腰がどうしようもなく揺れた。

陰嚢はたぷんたぷんと回って弾み、陰茎は瞬《また》く間に硬くなってぐんと反り返った。

ペニスが形を変える間も、友利の指は的確にそこだけを小刻みにひっかき続けた。腰をくねらせて逃げようとしても、必ず追ってきた。

幹のどこかを握られているわけではないので、鈴原が腰を揺するたび、ペニスも一緒にふらふらとあちらこちらへしなった。なのに、友利の指は器用に先端の窪《くぼ》みをしっかりと捕えたまま離れず、えぐる動きを決して止めないのだ。

秘唇の縁が指に押されてゆがむたび、そんなはずはないのに精路を掘りこまれているかのような猥《みだ》りがわしい錯覚に襲われ、腰がびくびくと突き上がってしまう。

「あ、は……っ、あ、ぁ……っ。や、や……ぁ！」

「可愛い唇がひくひくして、開いてきましたよ。そろそろ甘い蜜が漏れてきそうですね」

その予想通り、精路は透明なとろみを吐いて亀頭を濡らし、友利の指の下では卑猥に粘る水音が立ちはじめた。

下肢で生まれた甘美な熱は胸へも流れ、狂おしい疼《うず》きを広げた。

「気持ちがいいでしょう、鈴原さん」

「あっ、は……っ、あ……、ん」

潤む孔の表面をぐちぐちと押しつぶされるのは、気持ちがいい。だが、こみ上げてくるものの吐露を友利の指で邪魔されて切ないし、決定的な刺激に欠けてもどかしい。

昂ぶりのほかの場所を、もっと強く愛撫してほしかった。膨張した幹の部分を激しく擦り立て、もんでほしくて、鈴原ははしたなく腰を振り、屹立を友利の手へすり寄せた。

「そ、そこ、ばかり、は……っ、あっ、あ……！」

「ほかのところも触ってほしいんですか？」

意地悪く問いかけてくる年下の男を、鈴原は涙目で睨《にら》む。

「――っ、焦《じ》らす、なっ」

「じゃあ、そのピンクの乳首を美味《おい》しそうにぴんぴんに尖《とが》らせてください。上手《うま》く勃起させられたら、ペニスを思いっきり擦ってあげますから」

直接触れられていない乳首は、肌の火照りを吸収して色づきを濃くしているものの、はっきりとした形を成してはいない。

乳首の勃起など自分の意思でできるものではないので、どうすればいいかわからず、鈴原は一瞬困惑した。

しかし、発情した雄の声に唆《そそのか》された身体は、いとも簡単に反応した。

「んっ、あ、あ……っ」

したたる淫液を押し戻すような動きで蜜口を捏《こ》ね押されるたびに、鋭い疼きが肌の下から響いてきて、胸の小さな粒を赤く充血させた。

そして、友利の指の先が、ほころんだ秘裂を一際強い力で深く抉《えぐ》った瞬間だった。電流めいた痺《しび》れが背を駆け抜け、徐々に凝ろうとしていた乳首に一気に硬い芯を通した。

「あぁぁっ！」

淫《みだ》らに尖り勃ったそれが前方へぴんと突き出て震えた刹那《せつな》、右の乳頭の表面を爪で、左のそこを舌でつつかれた。

「ひぁっ」

屹立《きつりつ》の秘裂への摩擦も続いており、三ヵ所の勃起の頂《いただき》だけを狙《ねら》いすまして責められる未知の愛撫に驚き、乳首はさらに膨れて硬くなる。

そこをきつく吸い上げられ、舌で乱暴に叩かれると同時に、反対側の突起を痛いほどの速度でぴんぴんと根元から爪弾《つまび》かれる。

「ああ！　あ、あ！　はっ……、あ、う……っ、んぅっ」

鮮烈な快感に脳髄が震え、視界の縁が白く霞《かす》む。鈴原は肌がじっとりと汗ばんでゆくのを感じながら、喉を仰《の》け反《ぞ》らせて喘《あえ》いだ。

あまり普通とは思えない卑猥ないじられ方に、頭の中が混乱する。息苦しくてたまらなくなる。鈴原は友利の顔を咄嗟に押しやり、抗議した。

「な、何で、そんな……っ、先ばっかり……っ」

「好きなんです、先端が」

「……好き？」

「ええ。ペニスも乳首も、先端はとても敏感な場所でしょう？　そこに触れて感じる反応が特別に繊細なので。特に勃起する瞬間の、変化過程のぷるぷるした震え方が最高なんです。やわらかいのに硬い、あの不思議な弾力がたまりません」

舌なめずりをする獣の表情で答え、友利は鈴原の乳頭をちろちろと舐め弾く。

歓喜が体内で渦を巻き、赤く腫れたペニスの幹や陰囊がぴくぴくと痙攣《けいれん》した。

「あっ、ん」

「それに、鈴原さんも気持ちがいいでしょう？」

「――い、けどっ、も……、そこじゃなくて、下が……っ」

「ああ、そうでした。勃起乳首を美味しくいただいたお礼をしないといけませんね」

友利は鈴原から一旦手を離すと、スーツの上着を脱ぎ捨てた。

鈴原は自分も靴下を脱ごうとしたが、「似合ってますから、そのままでいてください」と制された。裸に靴下という格好が似合っているというのは、果たして褒め言葉だろうかと霞がかった頭で考えたが、答えを見出《みいだ》す時間はなかった。

ピアノにもたれかかり上下させていた肩を抱かれ、首筋に口づけられたからだ。

「はっ……、あ」

鈴原を抱き寄せ、臀部《でんぶ》をもみしだく友利は情交中だということをまるで感じさせない洗練されたベスト姿で、今はそれ以上、服を脱ぐつもりはない様子だ。

自分だけがあられもない格好なのを少し不満に感じたとき、身体を裏返しにされ、友利に背を向ける体勢になる。

「お待たせしました」

背後の両脇から伸びてきた手に、勃起と陰嚢を同時に握られた。

「あっ！」

張りつめた蜜の袋が、果実をもぎ取るかのような指の動きでねじり回され、大きな掌《てのひら》でぐいぐいと揺《す》りもまれる。膨らんだ陰茎も、巧みな指遣いで上下に扱《しご》かれる。

「あっ、あ！　あぁ……っ、あっ、ん、あっ！」

尖った快感が手足の先へ突き抜け、膝《ひざ》が震える。

鈴原は、反射的にピアノに摑《つか》まった。おのずと浮き上がった臀部を背後の友利に擦りつけながら嬌声《きょうせい》を高く上げ、体内でうねる歓喜に悶えていたさなか、ふと視線を下肢へ落としてぎょっとした。

淫らな角度にぴんと反り返った屹立、その根元の和毛《にこげ》の茂りと陰嚢、そこを相半ばする激しさと濃《こま》やかさで愛撫する男の指。それらのすべてが、いつの間にか透明な粘液を纏ってぐっしょりと潤んでいた。

そして、慎みを失ってくっぱりと開ききっている秘唇が、刺激をうけるたびに悦びの淫液をしたたらせ、鈴原の腹部や腿《もも》だけでなく、足元の絨毯をも濡らしていた。

掃除で落ちる染みだろうか、と狼狽《ろうばい》した鈴原の背に、悦楽とはまったく違う種類のざわめきが広がる。

鈴原は慌てて手を伸ばす。今まさに長い糸を引いてしたたり落ちようとしているそれを掌で掬い上げ、友利の指ごと勃起の先をきつく押さえこんだ。

「どうしたんですか？　自分でするところを見せてくれるんですか？」

嬉しげに耳朶《みみたぶ》を舐めてきた男を「馬鹿」と肩で押しやり、鈴原は首を振る。

「違、うっ。絨毯が、――あっ！」

告げていた途中、陰嚢をもんでいた指がふいにそこを離れ、会陰を奥へとすべった。

ぬめる指に会陰の皮膚がぐっと押され、甘美な衝撃が指先へ走る。

自分のはしたない勃起を戒めてなどいられなくなり、鈴原は手で空を掻《か》きながら背後の男にもたれかかった。

「かまいませんよ、いくら汚しても」

かまわないわけがない、と思ったが、言葉を紡げなかった。

陰嚢のつけ根から後孔の手前までの、ほんの数センチ。その間を、友利の指がぬるりぬるりと行き来するせいだ。

性器でも何でもない場所のはずなのに、指のゆるやかな動きによってひどく悩ましい快感が生まれ、鈴原は背を仰け反らせた。

「よけいなことは考えずに、好きなだけ乱れて、好きなだけ出してください。私は、そういう鈴原さんを見たいです」

だから、我慢などしないように、ということなのだろうか。

友利は右手を、屹立から鈴原の手首へと移した。

左手は自由なので、べつに拘束されたわけではない。だが、なぜか淫靡《いんび》な興奮を覚え、視界が揺れた。

「んっ、は……っ、ぁ」

「ほら。アボットのライブの帰り道、鈴原さんのダンスを見られませんでしたから、代わりに今、見せてください。とびきり官能的な警部補のダンスだと嬉しいです」

微笑んでそう言う間も、会陰部へもぐりこんだ友利の指は、意地の悪い動き方を続けていた。窄《すぼ》まりの襞《ひだ》へ届く直前で、ぴたりと止まって引き返してくるのだ。

際どいところで秘所への愛撫を何度も躱《かわ》され、潤む会陰部に意識が集中した。それが、鈴原にあることを気づかせ、驚かせた。

最初はてっきり、友利がそこにとろみを塗りつけているのだと思っていたが、違った。勃起の先端からとめどなく垂れている粘液が伝い落ちてきて、すでに濡れていたのだ。

その証拠に、まだ触れられていない蕾《つぼみ》の表面が伝ってきたものを重く含んで、ねっとりとぬかるんでいる。まるで、淫液を溢れさせている女の蜜壺のように。

元々、愛し合うための器官ではないし、これまで他人はもちろん、自分でいじってみたことなど一度もない。そうしてみたい、と考えたことすらない。

けれども、愛撫をほどこされる悦びを好きな男に教えられ、蕩けた身体はすっかり変化していた。鈴原の戸惑いをよそに、秘所を責められ、征服されることをうっとりと待ち望んでいるふうだ。

なのに、期待をいくどもはぐらかされる不満を訴えて襞が蠢くたび、そこからくちゅくちゅと淫猥《いんわい》な粘り気のある水音が響いた。

「ここが奏でる音も、魔法の音のように素敵ですね。聴いていて、とてもわくわくします」

つやめかしい声に鼓膜を撫でられた直後、会陰部の奥へ指が伸びてきた。

肉環の周縁をぐるりとなぞってから、指は躊躇《ちゅうちょ》なく窄まりの中央へ進んだ。

「――ああぁん！」

ぐぬりとめりこんできた指は、いきなり奥深くまで侵入することはせず、入り口付近に留《とど》まったまま、速い出入りをはじめた。

「あっ！　あ、あ、あぁ！」

硬い指が隘路《あいろ》の肉をひっかきながら一旦外へ出ては、またすぐさま蕾をずぶりと突き刺す。そのつど、挿入の衝撃が内部へ響き、痙攣する粘膜をずりずりと擦られる。

「あぁ！　あっ、ん、あっ、は……っ」

浅いところで繰り返される突きこみは、気持ちがよくてならなかった。

曖昧な心地よさだったものが明確な射精欲となって、鈴原の腰をびくんびくんと震わせた。

こんな場所では駄目だと思ったけれど、そう思えば思うほど体内で熱が大きくうねり、それを放出したい欲求が膨らむ。

「あっ、あっ……！　友利っ、出るっ……」

限界寸前に昂ぶり、小刻みに跳ねているペニスからしとどに垂れ落ちる淫液にも、白い筋がとろりと混ざった。

「あっ、やぁ！　やっ……、だめ、だ。出る、出る、出る！」

「どうぞ」

耳もとで笑んだ男の指がふいに根元までずぷんと勢いよく埋まり、射精をせっつくように隘路の中でぐるぐると回った。

「あああぁ！」

凄《すさ》まじい快感が全身を貫き、視界が揺らぐ。

突き上がってくる強烈な熱をやり過ごすことなど、到底できなかった。可能だったのは、目の前のピアノを汚してしまわないよう、咄嗟にその側板へ手をつき、身体をななめ横へ反転させることだけだった。

「あっ、あっ、あ、あぁ……！」

友利の指をきつくきつく食い締めながら、鈴原は極まった。

初めて本当に好きだと思う者と触れ合えた悦びからか、不適切な場所での射精に対する背徳感からか。あるいは、その両方のせいだろうか。

まさに踊っているかのように根元から激しくくねった鈴原のペニスからは、今までの自慰や女とのセックスでは経験したことのない量の精液がびゅしゅんと噴き上がった。

歓喜の奔流は宙に白い流線を描き、高く、遠く、びゅるびゅると飛んでゆく。まるで、放尿でもしているかのような勢いで。

「は、ぁ……、ぁ……」

友利の胸に背を預け、荒い呼吸をしながら、鈴原は窓の近くにまで飛び散った白濁を呆然《ぼうぜん》と眺めた。

「すごい……」

頭上で友利が、ぽつりと呟く。落ちてきたその声は、鈴原が見せた「警部補の官能ダンス」を悦んでいるというより、半ば本気で驚いているふうだった。

恥ずかしさが湧き起こり、どこへかわからないけれど思わず逃げようとした身体を、突然強く抱きしめられた。

「指、引きちぎられるかと思いましたよ」

まだそこにある長い指をゆるゆると前後に動かし、友利が苦笑する。

「こんな綺麗な身体なんですから、感度も素晴らしいだろうとは思っていましたが、想像以上で感動しました」

「はっ、あ……ん。お、お前も、俺の、想像以上の変態……、あっ！」

「そうですか？　まだそんなに大したことは、してないつもりなんですけど」

友利は笑んで、鈴原の中を指でつつく。

「んっ、ぅ……」

もうすっかり男の愛撫に慣らされ、ほころんでいた肉筒を擦られるたび、張りを失った性器の先から欲の残滓《ざんし》がぴゅっぴゅっと細く漏れ出てくる。

気持ちがよくてたまらず、砕けそうになった腰に、背後から何か熱くて硬いものがごりごりと押し当てられた。

確かめるまでもなく、それは雄のいきり立った怒張だ。布越しにも非常識な長大さと、猛々しい脈動がはっきりと伝わってきて、鈴原は息を呑んだ。

「ねえ、鈴原さん」

甘い声で鈴原を呼び、友利が指を引き抜く。

「あっ」

「自慢ではありませんが、私のペニスは大きいので、十分にほぐしてからと思っていたのですが、もうどうしても我慢ができません」

やけに耳に重く響く金属音が聞こえ、振り向くと、友利がスラックスの前を寛げていた。ずらした下着の下から、風を切る音がしそうな猛々しさで姿を現した赤黒い漲《みなぎ》りを手に取り、友利は鈴原を獣の目で見据える。

「今すぐ、挿《い》れてもいいですか？」

亀頭の笠が信じられない太さと角度で張り出て、幹には血管がくっきりと浮き上がっている、凶器にしか見えない雄の勃起は、興奮の先走りを纏ってぬらぬらと光っていた。

その凶悪なまでの大きさを見せつけるようにしてゆっくりと扱き上げる友利に求められた瞬間、理性が灼《や》き切れた気がした。

友利とのセックスは、今夜限りのことだ。このあと、いつ、友利のように好きになれる男と出会えるのかわからないし、出会えたところで想いが通じ合う保証などない。

もしかしたら、好きな男と身体を繋げられる幸運自体が、今夜限りのものかもしれない。

だから、今は何も考えずに友利との行為に耽《ふけ》りたいと思った。

恋をしている男と抱き合える悦びだけを感じたい。

鈴原は「処女」だけれど、破瓜をするなら友利のあの逞《たくま》しいペニスがいいし、夜は短いのだ。躊躇ったり、恥じらったりして、無駄に時間を使ってはもったいない。

鈴原はピアノに両手で掴まり、友利に向けて腰を突き出し、脚を広げた。

雄の目に、赤い蕾の熟れ具合がはっきりと映るように。

「ああ、来いよ」

視線を絡ませて誘ったとたん、臀部の薄い肉を鷲摑《わしづか》みされた。

友利の指先に力が籠《こ》もる。双丘の肉が左右へ引き伸ばされ、すでに潤みを孕んでいた後孔が水音を立てて口を開く。

内部の肉色があらわになった拍子に、蕾の表面に溜まっていたのだろう淫液が糸を引いて垂れ落ちていくのを感じた。

「……んっ」

「挿れますよ」

言葉と同時だった。

友利が太い切っ先を肉環の窪みにあてがい、鈴原を突き刺した。

「あぁぁっん！」

入り口の肉がひしゃげる音とともに、男の一番太い部分の形を強引に知らされる衝撃。粘膜に直接沁《し》みこんでくる雄の熱。

興奮のせいで、どこかおかしくなっているのかもしれない。

初めての行為なのに、こんなにも大きなものを呑みこんでいるのに、不思議と痛みはまるでなかった。だが、異物感は強烈だった。

「あっ、あっ……。は、ん、ぁ……っ！」

我知らず、ピアノに縋る指先が震える。鈴原は、肉筒の奥へ媚肉をずりずりとひっかきながら沈みこもうとしている剛直を必死で食い締め、本能的に押し出そうとした。

「んっ、あ、あ……」

「──っ、鈴原さん……」

鈴原の示した抵抗に、友利は宥《なだ》めるようなキスを背に散らし、挿入の動きを慎重にした。

「あ、あ、あ！」

ゆっくりとした突き入れで、粘膜がじわじわとひしゃげ、溶かされてゆく感覚がたまらない愉悦を生んだ。

高く喘《あえ》ぎ、腰を躍り上がらせた弾みで友利の亀頭が抜けかけたが、即座に強い力でぐぷんと突き入れ直される。

「──ひぁ！」

「襞がぎゅうぎゅうに絡みついてくる感触が最高なんですが、やっぱり、いきなりはきついですね。全部挿れる前に、このままもうちょっとほぐして、道筋をつけましょう」

言って、友利は埋めていた亀頭部分をその場で右に左にと大きく回した。

「や！　あ、あぁ！」

粘膜をめりめりと引き伸ばされる感覚にわなないた直後、友利が凄まじい速度と力強さで亀頭の抜き挿しをはじめた。

「ああ！　あぁっ、あ……っ！　ひ、ぁ、あんっ！」

最も凶悪に太々と張り出した部分だけが、鈴原の秘所の入り口を荒々しく出入りする。友利のそこからは、夥《おびただ》しい先走りが迸《ほとばし》っているのだろう。獰猛な突き上げの動きに合わせてぐちゅん、ぐちゅんと聞くに堪《た》えない水音が響くし、内部のぬかるみも増している。

「あ、は……っ。あ、あ、あぁっ」

「鈴原さん。痛くないですか？」

「んっ、あ……、ああぁっ」

咄嗟には言葉が出ず、鈴原はただ首を振った。

痛くなどなかった。ただただ甘美だった。亀頭の縁で粘膜をぐりぐりと深く掘りこまれるのも、そのぶ厚い縁が肉環にきつくひっかかる抵抗感も、友利が抜け出る瞬間に襞を内側から大きく捲《まく》り上げられるのも、快楽神経が焦げつきそうになるほど気持ちがよかった。

だから、このままこんな中途半端な串刺しの責めを受けるのは、耐えがたかった。

「あぁっ、は、あっ。も……っ、も、やぁっ」

鈴原は自ら友利を引きこむため、勢いをつけて腰を後ろへ突き出した。

ぐっしょりと濡れ蕩けている隘路は、脈打つ剛直を半ばまでずぶずぶとなめらかに呑みこんだ。

「あ、あ、あぁ……！」

先ほどまでとは違う深い場所で、友利の熱と硬さを感じ、鈴原は陶然とした。

体内を歓喜がうねり、いつの間にかゆるく角度を持って宙に浮いていたペニスがまたぴゅぷんと少量の白濁を噴いた。

「いけない警部補ですね。そんなふうに自分で腰を振って、男のペニスを勝手に咥《くわ》えこむなんて」

笑んだ友利が過ぎた痴態を窘《たしな》めるように鈴原の乳首をつまみ上げ、太い怒張を引き抜く。

極まりの余韻に震え、逞しい熱塊に吸いつこうとしていた媚肉の収斂《しゅうれん》を容赦なく跳ね返しながら。

「あぁ、ん……っ」

物欲しげな声を漏らした鈴原の乳頭を指の腹でぷるぷると強く押し転がしてから、友利はその両手を下腹部へすべらせた。

「鈴原さんは、いつもこんなセックスをしているんですか？」

白く濡れた陰毛をかき回して泡立て、もう片方の手で垂れたペニスの亀頭を包みこんで捏ねながら、友利は鈴原の耳朶を啄む。

「きっと、鈴原さんは警視庁で一番いやらしい警部補ですよ」

ＳＭ趣味な上に、やたら性器の先端にこだわる変態に「いやらしい」などとは言われたくない気がしなくもなかった。

だが、今晩限りのセックスだと思うと、戯《たわむ》れの嬲《なぶ》り言葉にも官能を煽られた。

「は……っ、お前が……、焦らすからだろっ」

鈴原はゆったりと猥りがわしく腰を揺すり上げ、もてあそばれている陰毛とペニスを友利の手に擦りつけた。

「俺は、焦らされるのは、好きじゃ、ない……っ。これ以上焦らすなら、帰る、ぞっ」

一瞬の間を置いて、友利の手がするりと臀部へ移動する。

「それは困ります」

少し慌てたふうな声音で言うなり、友利は灼熱の怒張で鈴原を一気に貫いた。

「――あああ！」

爛熟しきっていた肉筒への侵入はなめらかだったが、友利の剛直は長すぎ、すべてが沈みこむのにはずいぶんと時間がかかった。

肉襞を信じられない深みまで延々とえぐられ続ける歓喜に、内腿がぶるぶると震えた。

「鈴原さん……」

ようやく長大な滾《たぎ》りのすべてを収めた友利が、鈴原の臀部に自身の濃い陰毛をざりざりと押しつけながら、甘く掠れた声を落とす。

「今晩は離しませんから」

友利は鈴原の腰をしっかりと摑み、獣めいた腰遣いの抽挿をはじめた。

「あっ！　あっ、あぁぁ！」

粘膜をごりごりとひっかきながら脈打つ怒張が強引に引きずり出されたかと思うと、次の瞬間には最奥に重い突きを捻《ねじ》りこまれている。そして、またすぐに引き抜かれる。

そんな苛烈《かれつ》な抜き挿しを猛々しい速さで繰り返され、体内を大きくうねる法悦の波に意識をさらわれそうになる。

自慰も、女とのセックスもそれなりに気持ちがいいものだったけれど、こんな怒濤《どとう》のような狂おしい享楽を得たことなどない。次々と襲い来る尖った快楽を受け止めきれず、鈴原は息を荒く弾ませながら煩悶《はんもん》した。

「あ、あ、あぁん！　は、ぁ、あぁ！」

腰骨にずっしりと重く響く雄々しい突きこみを受けるたび、その振動でぶるんぶるんと揺れ回るペニスがピアノに当たっては跳ね返り、あられもない嬌声が飛び散ってしまう。

「鈴原さんの中、すごく気持ちがよくて、おかしくなりそうです」

根元までみっちりと沈ませた太い熱塊を、友利は大きく円を描くようにしてぐりんぐりんとくねらせた。

「ああ！　やっ！　あっ、あっ、あ！」

限界まで広げられている隘路の形をさらに無理やり変えられ、熟れた媚肉を容赦なく掘りえぐられ、鈴原は喉を仰け反らす。

「もう少しもたせたかったんですけど、ここが限界みたいです」

荒々しく押し回していた腰の動きを、友利は速い前後運動に変える。

変わったものは動きだけではない。

鈴原の体内を容赦のない強靭《きょうじん》さで突き上げてくる雄も、その様を凶悪に変貌させた。

凄まじい勢いで、どんどんと硬く膨らんでいったのだ。

「あ、あっ、あ！　お前っ……。硬い、……硬く、なってる！」

鈴原も同じ男だ。友利の変化の意味はわかる。

自分の中に、男の精が撒《ま》かれようとしているのだ。自分を征服しようとしている男の荒々しい行動に、破瓜をしたばかりの身体が反射的に狼狽《うろた》えた。

鈴原は背をしならせ、かぶりを振る。その間も、鈴原の肉環を突き刺す友利の灼熱は巌《いわお》のような硬度を増してゆく。

「友利、友利っ！　そんな、そんな……、硬く、したら……っ！」

「ええ、もうすぐ鈴原さんの中で射精をします」

震える鈴原の背を、友利が獰猛な腰遣いはそのままでかきいだく。

「あ、あ、あ……！　そん、な……っ。なか、は……」

「駄目ですか？　どうしても、中に出したいです。鈴原さんを私のもので濡らしたいです。いいでしょう？」

「……あっ、ぁ……ん」

鼓膜が蕩けそうになる甘やかな求めを、拒めるはずもなかった。

喘ぎで応じた刹那、友利の怒張が激しく脈打って膨張した。そして、灼熱の切っ先がありえない深さに届き、どすんと媚肉を重く突いた。

「――あ！」

一瞬、気が遠のきかけ、よろめきかけた身体が逞しい腕にしっかりと支えられた直後、鈴原の中で友利が爆《は》ぜた。

「鈴原、さん……っ」

「あぁ……っ！　やぁ、熱……いっ。あ、あ、あ……っ！」

体内の奥深くで大量の精液が渦を巻く感覚に、腰がびくびくと浮き上がる。

たとえ一晩限りのかりそめのものであっても、この一瞬だけは友利は自分の男になったのだ。その愛の証《あかし》がそそがれたのだと思うと、嬉しかった。

甘い責め苦を受けるうちに再び完全に反り返っていた陰茎の先から、もうほとんど色を失った精液が喜悦の涙のようにとろとろと溢れ、糸を引いて垂れ落ちていった。

「鈴原さん……」

背後からのしかかってくる友利の指が、胸元を這う。射精したはずなのに、鈴原の中で熱く脈動している友利の雄はほとんどその太さと長さを変えていなかった。

「ベッドへ移りますか？　それとも、もう少しこのままここで続けても大丈夫ですか？」

言葉で返事をするまでもなかった。後孔が友利を勝手にきつく締めつけ、粘膜で扱くような淫靡な動きを見せて雄の律動を誘った。

「了解、警部補」

その美貌を凄艶にほころばせ、友利は鈴原の乳首を捏ねもみ、ひっぱりながら腰の突き上げを再開した。

抜き挿しは小刻みだったけれど最初から力強く、荒々しくかき回された肉筒の中でぬめる精液が瞬《また》く間に泡立った。

「あぁ……、あっ、は……、あ、あ、ぁ……ん」

少し乱暴な指遣いで乳首の弾力を押しつぶされ、根元から左右にくりくりと転がされるのが気持ちがいい。

時折、ペニスの秘裂や亀頭のくびれを戯れのようにくすぐられるのも気持ちがいい。

すっかり友利のための性器と化した肉洞を、ずんずんと重く突かれるのも。熟れた粘膜に精液が沁みこんでくるような感覚も。結合部から聞こえてくる濡れた摩擦音も、その周縁で精液の泡がぱちぱちと弾ける瞬間も。

何もかもが眩暈がするほど気持ちよく、鈴原は恍惚として喘ぎ、腰を振り立てた。

「あぁん……、あっ、あっ……。友利、は、ぁっ、あっ、あ……んっ！」

友利が怒張を突きこんでくる動きに合わせ、鈴原も夢中で腰を振る。そうすると、ただ突かれるよりも大きな摩擦熱を感じ、快感が膨れ上がった。

「あ、あん……、あっ、あ、あっ」

繋がった部分の隙間《すきま》からぷしゅりぷしゅりとひどく卑猥な音を立てて漏れ散ってきた白濁の泡が、幾筋も腿を垂れ落ちてゆく。

その甘美な感触をうっとりと愉《たの》しみながら、背後の男に向けて腰を突き振っていたとき、突然鋭い電子音が部屋中に鳴り響いた。

鈴原も友利も獣じみた動きをとめる。

鼓膜に刺さる高い電子音は、ピアノの椅子に掛けられていた鈴原のスーツから聞こえた。仕事用の携帯電話の呼び出し音だと認識した瞬間、鈴原は我に返った。

「鈴原さんの携帯のようですね」

鈴原の中へ赤黒い勃起を半ばほどまで埋めかけた挿入途中の格好で、友利が苦笑する。

「……ああ。出ないと」

慌てたせいで、友利との繋がりがうまくとけなかった。

腰を揺すって浮かした拍子に爛熟しきった粘膜を怒張で深くえぐられ、亀頭が抜け出る瞬間にはそのぶ厚い縁が肉環にきつくひっかかって、襞がひどくめくれてしまった。

直後、充溢を失った孔から、こっくりとした重い粘度を持った雄の欲情が、肉襞をねろねろと舐めながら内腿へ流れ落ちてきた。

「——ひぅっ」

手足の先に、甘美と言うには強い痺れが走る。

鈴原は薄い精液をぴゅるぴゅると細く撒き散らしながら、震える脚で這うようにして鳴り続けている電話のもとへ移動した。

感じた痺れはまるで罰の電流で、友利からできるだけ遠くへ離れなければならない、という思いが唐突に湧いたのだ。

握った携帯電話の液晶画面に表示されていたのは、当直で署に詰めている二階堂の名前だった。

『係長！　南成瀬のアパートで、若い女性の変死体が出ました！』

応答するなり、二階堂が興奮気味に告げる。

ペニスの先からはまだ白く濁った雫《しずく》が垂れ、慎みを失った後孔からも男の精液がぽたりぽたりと漏れていたが、意識はさらに現実に引き戻された。

「……わかった」

『俺、死体は初めてなんで、係の中で一番乗りしても何していいかわかりませんし、早く来てくださいね、係長！　ていうか、さっき夜食の焼きそばとロールケーキ食ったばっかなんですよ！　ほんと、ほんの五分くらい前。それで、どうしたらいいですか？』

「……何がだ？」

『初死体ですから、吐くかもしれないでしょ？　でも、焼きそばとロールケーキは美味かったし、高かったから、吐きたくないんです。それに、相手は若い女性っすよ？　いくら死体になっちゃってるからって、吐くのは失礼だと思って。どうしたら、吐かずにすみますか？』

未熟だということを差し引いても、刑事としては愚かすぎる質問に眉をしかめたとき、胸がぎしりと鋭い軋《きし》みを上げた。

変死体発見の報告を上司にしているにもかかわらず、緊張感が欠片《かけら》もない馬鹿と紙一重の能天気さのせいで、今、一番考えたくない浩輝の顔が眼前でちらついたからだ。

「……慣れる以外に方法はない。俺は着くまでに一時間くらいかかるから、小竹か誰かが来るまでは、通報者の聴取でもしてろ。それから、現場を吐瀉物《としゃぶつ》で汚したりしたら、鑑識の連中から袋叩きにされるぞ。ゲロ袋を忘れずに持参しろ」

早口に言葉を紡ぐうち、友利とのセックスに耽っている間はどこかへ霧散していた理性が戻り、胸が急速に冷えてゆく。

酔いも、同性と初めてセックスをした興奮も、心から恋しいと思う男と溶け合えた幸福感も、何もかもがすべて凍りついてゆく。

『一時間って、係長、今、どこっすか？』

「……虎ノ門」

『こんな時間にそんなところで、誰と何してるんですか？』

ひどくにやけた二階堂の声が浩輝からの詰問に聞こえ、息苦しいほどに鼓動が速まる。

一度、正気に戻るともう駄目だった。罪悪感がどっと突き上がってくる。

赤く腫《は》れた後孔からまだ少し垂れてくる白い泡は、愛の証などではない。

浩輝を裏切った証だ。

「ちょっとしたヤボ用だ。すぐにそっちへ向かうから、俺が着くまで面倒は起こすなよ」

返事が返ってくる前に電話を切り、鈴原は服をかき集める。

「署からの呼び出しですか？」

「……ああ。南成瀬のアパートで変死体が出たらしい」

うつむいてそう答える間にも、後孔からはまた粘液が糸を引いてしたたってきた。

友利が自分の身体に満足して放ってくれたもの。だが、裏切りの証拠でもあるもの。

冷えた胸の中で後悔と罪悪感が膨れ上がり、たまらない気持ちになる。

「悪いが、先に出る。捜査本部が立つことになったら、しばらく連絡できないかもしれない」

もう事件のことしか頭にないふりをして飛びこんだ浴室で、鈴原は肌の上で混ざり合うふたりぶんの体液を、必要以上に泡立てた石鹸で洗い流した。

それから急いで身繕いをすませ、鈴原はホテルを逃げ出した。胸をじくじくと刺す後ろめたさのせいで、友利とはほとんど目も合わせず、口もきかずに。


四十五歳のそのフリーターの男は、南成瀬の古いアパートに学生時代から四半世紀の間、住み続けていたそうだ。いつもいるのかいないのかわからない影の薄い男だったが、家賃の支払いを滞らせたことは一度もなかった。ところが、今月は期限を十日過ぎても入金がなく、ここ数日姿を見かけてもいなかったことから、大家の老女が心配し、部屋へ様子を見に行った。そして、どうやら夜逃げをした形跡のある殺風景な無人の部屋の中で「若い女性の死体」を見つけ、慌てて一一〇番通報をした。

しかし、調べてみると「若い女性の死体」は、ラブドールだった。人間そっくりの高級品だったこともあり、目の悪い大家には「死体」にしか見えなかったようだ。

興奮がすっかりはげ落ちた様子の二階堂からそんな報告が来たのは、乗ったタクシーが町田市内へ入る直前だった。事件性はなく、集まった捜査員は引き上げるとのことだった。

友利に会いに戻ろうとはまったく思わなかったが、このまま寮へ帰りたくもなかった。寮は個室だ。普段なら夜は部屋で静かにこもっていたいけれど、今晩ばかりはひとりでいると、膨張するばかりの罪悪感に心が押しつぶされそうな気がしたのだ。

どんなに悔やんでも、犯してしまった過ちは消えない。目を背けられるものではない。向き合わねばならないことはわかっているが、今は混乱が大きすぎて無理だ。

平常心を取り戻すためにも、誰かと何か関係のない話をして、しばらく現実逃避をしたかった。しかし、こんな時間だ。気心の知れた者を酒に誘うのも迷惑だろう。

顔なじみの客がいる飲み屋にでも足を向けようかと迷っていると、また二階堂から連絡が来た。何やら通報者の大家が「上司を出せ」と騒いでいるらしい。

注意をしたのに面倒事を起こしたようだが、咎める気は起きなかった。今の鈴原にとっては、ちょうどいい助け船だ。

もう「現場」ではなくなったアパートへ到着し、大家の家を訪ねると、玄関先から涙目の二階堂が「係長ぉ！」と駆け寄ってきた。

鈴原が奢ってやったデザート付きの夕食は二人前の量だった。それを平らげてほとんど間を置かず夜食にまで手を出した二階堂の顔は、てらてらと脂ぎっていた。

「ちょっと！　あたしゃ、上司を呼べって言ったんだよ。何でそんな下っ端が来るんだい」

狭い玄関に不機嫌そうな顔で立っている小柄な老女に、鈴原は愛想笑いを浮かべて「私が上司です」と警察手帳を示す。

「えらくまあ垢《あか》抜けたいい男だけど、ずいぶん若い上司だねえ」

給料以上とまではいかないが、二階堂の吊しのそれとは桁《けた》の違うスーツを纏う鈴原をじろじろと眺めまわし、老女は鼻を鳴らした。

「まあ、とにかく、上司ならあんたが何とかしておくれよ。その兄ちゃんじゃ、話にならないからさ」

「何とか、とは何をでしょう?」

あの人形だよ、と大家は声を張り上げる。

「家賃取り損ねた上に、あんな気持ちの悪いものの処分を押しつけられちゃ大損で、たまったもんじゃないよ。長いつき合いだから特別扱いしてやってたのに、まったく」

「お金のことは、保証人の方に請求されてはどうですか?」

「そうできるんなら、してるよ。だけど、夜逃げしたあの男、去年、保証人だった田舎の親が死んじゃってさ。誰に頼んでも保証人にはなってくれないって泣きつかれたから、もう二十年以上のつき合いだし、特別に保証人なしで置いてやってたんだよ。そういうわけだから、あの人形くらい、警察で引き取っておくれよ」

「生憎《あいにく》、税金でこういうことの処理はできかねます」

「薄情だねえ、あんた！　警察は、困ってる市民の味方じゃないのかい？」

「もちろんそうです。ですが、今回は事件性がないため、残念ながらお力にはなれません」

大家を刺激しないように声をごく穏やかにして、鈴原は首を振る。

「賃貸契約は当事者同士の問題で、警察には民事不介入の原則がありますので」

「はン？　何で、事件じゃないのさ！　こんなにあたしに迷惑かけてるのに」

「夜逃げ自体は犯罪ではありませんので」

「じゃあ、あの薄っ気味悪い人形は？　あたしゃ知ってるよ。ルールを守らないゴミ捨ては、犯罪なんだろう？　不法トーキだが、ローキだかいうさ」

「本人が住んでいた部屋に残していった物ですので、不法投棄とは言えません」

「じゃあ、結局、あたしがひとりで泣きを見るしかないのかい？」

「お気の毒ですが、そういうことになります」

「役に立たないねえ、あんた！　警察は困ってる市民の味方じゃないのかい！」

そんな堂々巡りの押し問答に、鈴原は大家が「仕方ないねえ」と納得し、降りかかった不運を諦めて受け入れてくれるまで根気よくつき合った。

大家の相手をしているうちに気が紛れ、いくぶんは落ち着けて朝を迎えられた翌日、ある事件のことでちょっとした確認事項ができた。

担当者は、院内のトイレでの転倒が原因で入院が長引いている波平《なみひら》だった。

鈴原は波平が入院している病院を、見舞いがてらひとりで訪ねた。二階堂が当直明けの非番だったからだ。

あの男と今日一日離れていられるのは、幸いだった。

浩輝そっくりの能天気さに、せっかく落ち着きかけている心を乱されずにすむ。

そう安堵《あんど》していたが、波平の病室で二階堂と鉢合わせをした。二階堂も、非番を利用して見舞いに来ていたらしい。

用をすませるとちょうど昼時になったので、二階堂に病院前のそば屋へ誘われた。気は進まなかったけれど、波平との会話で今日は急ぎの用がないことを話してしまっていたので、断る口実がなく、仕方なくふたりで店に入った。

「俺だって、あのお婆《ばあ》ちゃんに係長と大体似たようなことを言ったんですよ？　なのに、何で、俺には聞く耳持たずに『嘘つけ！』で、係長だと『仕方ない』になるんですかね」

波平の病室を出てから、二階堂はそんなことをしばらくぶつぶつとぼやいていた。だが、注文したかつ丼とそばのセットがテーブルに並んだとたん、不服そうだった唇はたちまち締まりなくゆるんだ。

「やっぱ、俺の若さは諸刃《もろは》の剣ってことですよね。若鮎《わかあゆ》のようなぴちぴちフレッシュな見た目は愛《め》でられても、言葉になかなか重みがつかなくて」

「……言葉に重みが出ないのは、若いからじゃない。そのちゃらけ顔のせいだ」

「係長。俺の顔はちゃらけてません。可愛いんです。愛くるしいんです」

真顔で間髪いれずにそう返し、二階堂はそばをぞろぞろと豪快に啜《すす》る。

「しっかし、この世の中って、本当に謎《なぞ》に満ちたワンダーワールドっすよね。夜逃げしなきゃならないくらい金に困ってるくせに、何でダッチワイフなんか買うんですかね。あ、言いましたっけ？　あのあと調べてみたんですけど、あれ、百万近くするみたいですよ」

鈴原に箸《はし》の先を向け、二階堂は「百万ですよ？」と繰り返す。

「そんな金があれば、ソープへでも行って、残りを生活費に充てるなり何なりすべきでしょう？　ソープで生身のおネエちゃんに相手をしてもらうほうが、断然気持ちがいいですしね。大体、いらなくなったとき、始末に困るのはわかりきったことなのに、あんな物を買っちゃう思考回路が理解できません。いい歳したおっさんのくせに、何で先のことを考えて行動しないんですかね」

「お前が言うな」

鈴原は鼻筋に皺《しわ》を寄せ、自分の天井へ箸をのばす。

「それから、仮にも刑事がソープ行きを推奨するな」

「ちゃんと営業許可取ってる健全なソープでも駄目なんですか？」

「ソープそのものが健全じゃない。したがって、『健全なソープ』などというものは、この世に存在しない」

「えー。それ、俺には納得できない理屈っす」

「なら、言い方を変える。たとえ法に触れなくても、そういう場所を利用するのは警察官としての倫理観に欠ける」

「いや、いや。それはちょっとお堅すぎますよ、係長。行ってる警官、掃いて捨てるほどいますし」

「そんなわけがあるか、馬鹿。行ってるのは、お前の周りに類友で集まってる奴らだろ。そういう一部のおちゃらけ警官と、大多数の真面目《まじめ》な警官を一緒にするな」

「係長、今日は何だか機嫌が悪いですね」

二階堂はそばをぞぞと啜ると、ふいに鈴原に向ける眼光を鋭くし、にやりと笑った。

「そうじゃないかなーって気はしてましたけど、やっぱ、昨夜《ゆうべ》の俺の電話のせいで、本番直前で寸止めになっちゃいましたか？」

「……あ？」

「だって、係長。あのとき、ホテルにいたでしょ。最近できた恋人か、本気で狙ってる女と」

まるで、ドラマの中で「犯人はお前だ！」と自信満々で断定する探偵のような口調だった。

「……何を根拠にそう言い切るんだ？」

「昨夜の係長、すごくいいスーツ着てましたし、石鹸のいい匂いもしましたから。スーツはともかく、男友達とメシ食ってただけ、とかなら、そんな匂いがするはずありません」

「お前にどぶ川へ落とされた臭いがなかなか取れなかったから、現場へ行く前に一瞬寮に寄ってシャワーを浴びて着替えたんだ」

警察学校に入りたての者でも信じないだろう嘘だが、あるいは二階堂なら、と思って試しに言ってみた。すると、二階堂はふふんと鼻でせせら笑った。

「またまたぁ。調べたらすぐにわかるそんな下手《へた》な言い訳を。てか！　係長が落ちたのは用水路でどぶ川じゃないですし、係長がいつも使ってる石鹸の匂いでもないでしょ、あれ」

「……お前、俺がいつも使ってる石鹸の匂いなんてわかるのか？」

「そりゃ、同じ寮で、同じ職場ですから」

「いや、そんな問題じゃないだろう」

「何でですか？　一緒にいる時間が長いと、普段使ってるシャンプーとか整髪料の匂いとか、大体覚えちゃうもんでしょ。俺、うちの係の人なら皆、わかりますよ。あと、課長は超猫臭いので、いれば百メートル先からでもわかります」

いささか気持ちが悪いが、人間誰しも何かひとつは取り柄があるものだ、と感心していい能力なのだろうか、と迷った鈴原の前で、二階堂は推理の披露を続けた。

「係長は性格的に、ちょっといい女をひっかけてラブホへ行く、なんてことはしないでしょうし、あの石鹸はすごく高そうないい匂いでした。で、あのスーツでしょう？　この前、女はいないって言ってましたから、最近できたばっかの恋人か、本気で狙ってる女と高いホテルでディナーデートでもして、いい感じに盛り上がって、シャワーを浴びなきゃならないことまでしてた、ってことかと」

「……お前、匂いで値段までわかるのか？」

「普通はわかるでしょ。石鹸とか香水とかって、安物と高いものとじゃ、全然違いますしね」

特に自慢するでもなく言って、二階堂は向かいの席から身を乗り出してくる。

「でも、こんなにご機嫌ななめなんですから、いいとこまではいったけど、肝心の本番ができなかったってことですよね？」

「……お前、刑事より、警察犬のほうが向いてるんじゃないのか？　署長に推薦してやるから、すぐに訓練所への異動願いを出せ。警視庁初の二本脚で立って、喋《しゃべ》る犬のお巡りさんを目指すといいぞ」

「それって、俺の洞察力は鋭いってことですか？　友利検事みたいに」

「そういう質問をすること自体、友利検事の足元にも及んでない」

頬が強張《こわば》りそうになるのをどうにかこらえ、鈴原は昨夜、ホテルで別れたきりの男のことをぼんやりと考えた。

昨夜、鈴原は一晩限りの思い出として友利を求めた。

これから、いつまで続くかわからない失恋の辛さを乗り切るために、心の支えになるものがほしかったから。一度だけ、友利を知ることができれば、それで満足し、この恋を潔く諦められると思っていたから。

けれども、実際には、諦める決意が固まったというよりも、よけいに辛くなっただけのような気がする。友利をただ好きでいたときよりも、罪悪感がずっと大きくなってしまったせいで。

初めて会った瞬間から、いい男だとは思っていた。だが、鈴原はべつに友利の外見に一目惚れをしたわけではない。思いがけず再会し、親しくなるうちに、ふとした拍子に目に飛びこんできた表情。耳に届いた言葉。それらを心地いいと感じる気持ちが少しずつ折り重なって、友利へのこの想いは生まれた。

そんなふうに知らず知らずのうちに形を成した気持ちは、自分自身でもどうにもできない厄介《やっかい》なものだ。いくら頭で自制をしたところで、簡単に忘れられるものではない。

今までも、大切な弟の恋人に横恋慕する自分の浅ましさをどんなに強く諌《いさ》めてみても、友利への恋情は勝手に育っていくばかりだったのだ。

だから、本当は心のどこかでわかっていたはずだ。

身体を繋いだからといって、潔く気持ちの区切りがつけられるわけではないことを。

なのに、昨夜、自分は目の前の誘惑に負け、心と身体の両方で浩輝を裏切ってしまった。

あのとき、すべきだったのは、酒が友利をおかしくさせた信じがたい奇跡を狡猾《こうかつ》に利用することではなかった。

優しくて寂しがり屋の酔っ払いを諭し、あの部屋から出るべきだったのだ。誘惑を退けるためのほんの少しの勇気と、友利と寝ればどうなるかを考える冷静さがあれば、そうできたはずなのに、結局、また間違えたのだ。選択を誤ったのだ。

二階堂には何の責任もないが、どうせなら、過ちを犯す前に呼び出してくれればよかったのに、と恨みがましい気持ちが湧く。

そんな自分の情けなさに内心でため息をつき、鈴原は携帯電話を手に取った。

予定外に二階堂に会い、浩輝を思わせる口調で昨夜のことを根掘り葉掘り詮索され、とどめのように友利の名前を出されたことで、ふんぎりがついた。

連絡が来るのを待つつもりだったけれど、やめた。

誘ったのは自分じゃないから、と友利からの行動を当てにするのは卑怯だ。

いくら寂しがり屋でも、あれほど誠実な男だ。鈴原以上に、近い将来、義兄弟になる相手と酒の勢いで寝てしまったことを後悔し、悩んでいるに違いない。

悪いのは誘った友利ではない。拒もうと思えばそうできたはずなのにそうせず、友利の理性が酒で溶けた状況を悦び、利用した自分だ。

悔いるつもりがあるのなら、自分でこの過ちの始末をつけるべきだ。

恋心は、しばらくはどうにもならないかもしれない。ならば、せめて、仕事以外ではもう二度と会うべきではなく、それはけじめとして自分の口から伝えるのが筋だ。

もしかしたら、寂しがり屋の友利は、これからもたまの食事くらいならしたいと思っているかもしれない。だが、いつまた間違うとも限らないし、中途半端な気持ちを抱えたままふたりきりで会い続けると、それだけで浩輝への裏切りが重なっていく気がする。

それに、その生々しい体温を身の内で知ってしまった男の前で冷静さを装い続けるのは難しいだろう。友利は人間観察の能力に長《た》けている。一緒に過ごす時間が増えれば増えるほど、気持ちを勘づかれてしまう危険性が高くなる。

もし気づかれれば、友利を困惑させ、浩輝を傷つける。そして、自分はそんなふたりの姿に罪悪感を煽られ、惨《みじ》めになる。

今の関係をすぐにでも断ち切らなければ、皆が不幸になるだけだ。

そう思いながら、鈴原は友利にメールをした。

――話がある。今晩、少しだけでも時間を取れないか？

返事は五分もせずに来た。

――私もお話があります。人目があるところでできる話でもないので、私のマンションに来ていただけますか？

昨夜のホテルに引けをとらないほどの贅を尽くした二層吹き抜けのエントランスホールに鈴原が立ったのは、その夜の九時過ぎだった。

愛想のいいコンシェルジュに作り笑いを返しつつ大理石仕立てのホールを進み、落ち着かない広さのエレベーターに乗りこむ。

そのマンションは十五階建てで、友利の部屋は十階にあった。毛足の長い絨毯を少し奥へ歩き、インターフォンを押す。出迎えに現れた友利は、Vネックの長袖Tシャツにジーンズという寛いだ格好だった。

もちろん安物ではないのだろうけれど、友利が纏うと普通の部屋着まで妙に優雅に見える。何を着ても本当に様になるいい男だ、と一瞬状況も忘れてついうっとりしかけた気持ちを、鈴原は慌てて叩き潰《つぶ》した。

通された広いリビングには、上品な家具と家電が必要最低限しか置かれていなかった。見回しても、ゴシック調の華美な装飾を好み、かつスネアドラム形のルームライトやハイヒールの形をした植木鉢、骸骨風スピーカーなどの意味不明な物を大量に溜めこむ癖のある浩輝の気配はしなかった。インテリアのセンスはあまり合いそうにないので、きっと浩輝のごてごてした持ち物たちは浩輝の部屋に隔離されているのだろう。

「とりあえず、お茶をいれますから、座っていてください」

鈴原がソファに腰を下ろすと、キッチンに立った友利がコンロにやかんをかけながら話しかけてきた。

「昨夜の変死体、どうなりました？　捜査本部は立ってませんよね？」

「ああ。死体じゃなかったから」

「と言うと？」

「精巧な等身大の人形を、視力の悪い通報者が人間の死体と間違えたんだ」

「等身大の人形って、マネキンとかですか？」

「いや。ラブドール」

一瞬の間を置いて「なるほど」と返ってくる。

「この場合、それは災難でしたね、と慰めるべきですか？」

友利が肩越しに振り向き、ふわりと笑う。

「それとも、捜査本部が立たなくてよかったですね、と喜んだほうがいいですか？」

友利が自分をこの部屋へ招いたのは、「人目のあるところでは話せない話」をするためだ。

それが何なのかは、わざわざ確かめなくても明らかで、友利も昨夜の過ちを悔いているのだ。きっと、犯してしまった過ちへの対処や、今後のことを話し合いたいはずだ。

けれども、わざとそうふるまっているのか、いつもと変わりない様子に見える。緊張感を滲《にじ》ませて雰囲気を悪くしないように、とでも気を遣っているのだろうか。

「両方だな」

「じゃあ、そうしましょう。でも、できれば判明した時点で知らせてほしかったです。昨夜も今朝も、こちらから連絡していいものか迷って、結局遠慮しましたから」

「そりゃ、悪かったな」

長居をするつもりはない。さっさと本題に入る口火をきるために、何の連絡をするつもりだったのか、と訊《き》こうとしたときだった。

ふいに、コーヒーの香ばしい匂いが鼻孔を擽《くすぐ》った。

友利は紅茶党のはずだ。不思議に思いながら視線をやると、友利が大きな長い耳がぴんと立ったウサギの頭部を模したポットつきのコーヒードリッパーに粉を入れていた。

性格がとても悪そうな顔つきのそのウサギとは、浩輝のマンションで何度か目が合った覚えがある。確か、知り合いの陶芸家に注文して作ってもらったとかいう、信じられないくらい馬鹿馬鹿しい値段の一点物だ。

「……それ、浩輝の、だよな？」

「ええ。浩輝は本当に、変な家具や雑貨が好きですよね。初めて部屋に行ったときは、びっくりしました。何だか、目がおかしくなりそうな気がして。まあ、それでも、このウサギ頭のコーヒーポットも含め、大抵の物は慣れれば許容範囲でしたが、変にリアルな便器の形のマグカップでお茶を出されたときだけは、さすがに倒れそうになりました」

浩輝の悪趣味さを包みこみ、慈しむようなやわらかな声音で友利は笑う。

「中身が普通のお茶だということはわかっていても、それを飲もうかどうしようか、脂汗が滲むくらい悩みましたよ。あんなに困ったことは、ここ数年、ちょっとなかったですね」

その便器カップなら、鈴原も知っている。事情を知らずに出されると、悪い冗談か嫌がらせとしか思えないが、あれは浩輝が特に気に入っているマグカップで、もてなしたい大切な相手にしか使わないものだ。

「で、飲んだのか？」

「ええ、一応どうにか。日本ではなかなか手に入らない珍品だ、とずいぶん自慢げだったので。宝物を自慢する子供のようなあの顔を見ていると、断るのは悪い気がして」

そんな話をしているうちに湯が沸く。

友利は火を止め、やかんの湯をドリップポットに移した。コーヒーを美味くいれるための適温に冷ましているようだが、紅茶党にしては気が利《き》いていると思ったとき、気づいた。

魔法のランプのような形をしたそれも、やはり浩輝の愛用品だ。

この部屋の雰囲気には強烈にそぐわないドリッパーやポットを、すぐに使えるようにわざわざ出してあるくらいだ。浩輝への恋しさが募り、紅茶党から鞍替《くら》えでもしたのだろうか。

あるいは、遠く離れていても浩輝とはこうしてちゃんと繋がっていて、昨夜のことはまったくの酒の過ちだった、ということをさり気なくアピールしているつもりなのだろうか。

どちらにしろ、ひどい居心地の悪さが胸に湧く。結果はひとつしかない話し合いなのだから、辛くなったり、決意が鈍ったりする前に早くすませて帰りたいと鈴原は思った。

「もしかして、鈴原さんにも同じような趣味があったりしますか？」

ない、と鈴原は即答し、一度ずれた話の筋を修正する。

「友利。俺は、世間話をしに来たんじゃない。昨夜のことと、これからのことを、ちゃんとしておきたくて来たんだ」

「ええ、私もそのつもりでお呼びしました」

友利は穏やかに頷く。

「でも、コーヒーをいれるまで、もう少し待ってください。このドリッパーもポットも、浩輝の部屋の段ボールの山の中からせっかく苦労して発掘したので」

言いながら、友利はドリッパーに湯を注ぐ。濃くなって漂ってくる香りがやけに苦いものに感じられ、胸が苦しくなる。

「そのコーヒーの粉も、浩輝が置いていったやつか？」

息苦しさを紛らわそうと軽口を叩くと、友利がおかしそうに「まさか」と笑った。

「今日の帰りに買ってきたものです。鈴原さんのために」

それが友利の単なる心遣いだということも、そんな無防備な優しさに「人の気も知らないで」と腹を立てるのが筋違いの八つ当たりだということもわかる。

頭では理解できても苛立《いらだ》ってしまい、咄嗟に友利を睨もうとして向けた視線がドリッパーのウサギの目とかち合った。

冷たい鉱物の目に、今度こそ間違うな、と告げられている気がして、心臓が跳ねた。

「――友利。いいからっ」

「え？」

「俺はそんなものを飲みに来たわけでもない。とにかく、俺は、お前と……」

まるで浩輝に見られているかのような緊張を覚えた。償いの意味もこめて、完璧に正しい言葉を選び、完璧に正しく行動しなければ、と焦るあまり声が詰まった。

「わかりました」

微苦笑した友利がキッチンを離れ、ゆっくりと歩み寄ってくる。

鈴原はうつむいて目を閉じ、落ち着くために小さく息を吸う。そして、すぐそばに友利の気配を感じ、目を開けて仰《あお》のくと同時に、飛び上がりそうになるほど驚いた。

前に立つ友利が無造作にTシャツを脱ぎ捨て、瑞々《みずみず》しくつやめく肌と芸術的に美しい筋肉を纏う上半身をあらわにしたからだ。

「いけない警部補はせっかちですね」

濃厚な色気をしたたらせて笑んだ友利は、鈴原のまさに眼前でジーンズの前を寛げ、下着に収まっていたのが不思議なほどの太く長い性器を取り出した。

目の前にいきなりぶらんと現れ、非常識な質量を誇示する赤黒い猥褻物《わいせつぶつ》を、鈴原はただ呆然と眺めた。一体何が起こっているのか、よく理解できなかった。

「……何で、出すんだ？」

驚きすぎてそんな言葉しか出なかった鈴原の右手を友利は取り、性器を握らせた。

「また昨夜みたいに、焦らしたから帰る、などとご機嫌ななめになられては困りますので」

言いながら、友利は鈴原の手に自分の指を絡ませ、ペニスを扱きはじめる。

ずっしりとした肉の楔《くさび》は、鈴原の掌の下でみるみる熱を孕んで硬くなり、形を凶悪なものに変えてゆく。

「昨夜は肝心なことを伝え忘れたままああなって、それもずいぶん後悔しましたけど、鈴原さんのこの美しい手でここを触ってもらえなかったこともとても残念でした」

「……肝心なことって？」

「鈴原さんを抱いたのは、決して酔った勢いではない、ということです」

「……じゃあ、どうしてだ？」

幹に太々とした血管を浮かせて猛《たけ》る雄の勃起はもう先走りを滲ませていて、友利に操られる鈴原の手がその皮膚の上をすべるたび、じゅっじゅっと卑猥に粘る水音が響いた。

「もちろん、好きだからです」

「……誰が、誰を？」

「私が、鈴原さんを、です」

ゆるやかに、はっきりと区切って放たれた言葉を、鈴原は頭の中で反芻《はんすう》した。

だが、さっぱり意味が呑みこめなかった。

友利は昨夜、自分と過ちを犯した。だが、それは浩輝を愛するあまり寂しさが募ったせいだ。愛しているのは浩輝で、実際にたった今も浩輝への溢れる愛情を口にして惚気《のろけ》た。なのに、どうしてその舌の根も乾かないうちに、自分に「好きだ」などと軽々しく言えるのだろうか。こんなふざけた真似《まね》ができるのだろうか。

混乱し、思わず力の入った指を跳ね返す勢いで、友利の怒張がまた脈動して太くなる。

「鈴原さんとの身体の相性があまりによ過ぎて、昨夜は言うべきことを言えませんでしたが、私は鈴原さんが好きです。これからもぜひ、こういう情熱的なお付き合いを続けていきたいです」

「……これから、も？」

ええ、と深く頷いた友利が、重ねていた掌で鈴原の手を押す。

肌にぴったりと貼りついた雄の熱を友利に促されるまま擦りながら、鈴原は縺れる思考を必死で働かせた。

寂しがり屋でSM趣味の変態でも、友利は真摯な心で深く浩輝を愛しているのだと、今まではそう思っていた。恋にも仕事にも、何に対してもとても誠実な男だと思うからこそ、駄目だとわかっていながら惹かれ続けた。

だが、とんでもない勘違いをしていたようだ。

自分の男を見る目が節穴だったなどとは、認めたくない。けれども、認めざるを得ない。

友利は浩輝と結婚するつもりにもかかわらず、血の繋がった兄の自分にこんなにも平然と爛《ただ》れた身体の関係を求めてきたのだから。

誠実どころか、倫理観のかけらもない男に軽薄な好意を示され、身体を求められても少しも嬉しくなどない。むしろ、気持ちを踏みにじられた気がして、どうしようもなく腹立たしかった。酒のせいではない、明確な意思に基づく浩輝への裏切りも許せなかった。

どうして、こんな男を好きになってしまったのだろう、と悔しくてしかたない。

偽りの優しさにまんまと騙《だま》されて、生涯に一度きりの大切なものをこんな男に渡してしまったことが情けなくてたまらない。

胸のうちで深い怒りが吹き荒れ、言葉もなく震わせた唇を、熱くて硬い、濡れたものにぐちゅりと押しつぶされた。

「ねえ、鈴原さん。鈴原さんに触ってもらえたことが嬉しくて、何だかいつもより早く出そうな気がするんです」

ひどく浮かれた口調で言いながら、友利は戯れのように勃起の先端で鈴原の唇をつつく。

「せっかく準備したのに出し損ねたコーヒーの代わりに、私の精液を飲んでもらえますか?」

破廉恥極まりない言葉が耳に届いた瞬間、こめかみの辺りで血管が弾けた気がした。

「――ふざけるな！　調子に乗るなよ、この変態が！」

辱を嬲る男の猥褻物をしたたかに払い除《の》け、鈴原は立ち上がる。

「こんな粗チンの精液を、誰が飲むか！」

「……鈴原、さん？」

ぽかんとした表情で、友利は目をしばたたかせる。

おそらく、昨夜見せてしまった痴態のせいで、友利は友利で鈴原を呆れた尻軽だと思いこみ、拒まれるなどとは微塵《みじん》も考えていなかったのだろう。

それもまた腹立たしく、鈴原は淫液のぬめりを拭《ぬぐ》ったハンカチを友利に投げつけた。

「強制猥褻で訴えられたくなかったら、仕事以外で二度と俺に顔を見せるな！　絶対に話しかけるな！」

怒りにまかせて殴ってやりたいのをどうにかこらえ、鈴原は友利の部屋を走り出た。

友利は追いかけてはこなかったけれど、マンション前でつかまえたタクシーに乗りこんで十分ほど経《た》った頃、電話をかけてきた。当然、無視をしたが、署からの呼び出しに備えて電源の切れない電話は、数分おきに何度も鳴った。

「鬱陶しいぞ、粗チン野郎！　二度とかけてくるな、粗チン野郎！　死ね、粗チン野郎！」

しつこさに根負けをし、出た電話を、友利の声が聞こえてくる前に早口で怒鳴って切った。

そして、一瞬、迷ってから着信拒否をした。もしかしたら、仕事に支障が出るかもしれないが、どうしても必要なことがあれば、小竹にでもかけるだろう。

運転手が鏡越しにちらちら送ってくる珍獣でも見るかのような視線に苛立ちを膨らませながら三十分ほどタクシーに揺られ、寮に戻った。

部屋に入り、興奮を静めるために冷たいシャワーを浴びてから、鈴原は携帯電話を握って狭い六畳間の中をしばらくぐるぐると回った。

浩輝にすぐに伝えなければならない。裏切ってしまったことと、友利の本性を。

だが、どんな言葉で伝えればいいか、わからなかった。結局、一時間以上悩んでも答えは出ず、回り疲れてベッドに腰を下ろした。

時計に目をやり、大きく深呼吸をして腹をくくる。

このまま埒があかないことを考えていても、ただ時間が過ぎるだけだ。言葉でどう取り繕ったところで、事実は変わらないのだ。してしまったこと、見たこと、わかったこと、感じたことを、ありのままに伝えるしかない。

ボタンを押すと、二度目のコール音の途中で浩輝が出た。

『よう、兄貴。久しぶり。元気か?』

免停のもみ消し依頼を一方的にあしらって以来の連絡だが、浩輝の声には屈託がなかった。おそらく、もうあの一件は忘れているのだろう。

「ああ。お前は?」

五分ほど、当たり障りのない近況報告をし合った。

今は本庁から異動し、町田中央署《まちだちゅうおうしょ》にいることを告げても、浩輝は「へえ」としか反応を示さなかった。

「浩輝」

鈴原にとって、父親はもう血の繋がりを感じられない遠い存在だ。自分に残されたたったひとりの大切な家族の名を呼んで、鈴原は小さく咳《せき》払いをする。

「お前ら、大丈夫なのか?」

『お前ら、って?』

「お前と、あの地検の検事だ。……その、離れ離れで、上手くいってるのか?」

さすがにいきなり「友利と寝た」とは言えず、まずは遠回し探りを入れてみた。

『俺と耀?』

妙に怪訝《けげん》そうな声が返ってくる。

浩輝は、鈴原よりも遥かに恋愛経験が豊富だ。

今の質問ですべてを察したのだろうか、と息を詰めた直後だった。

『上手くいくも何も、とっくに別れてるぜ、俺たち』

「……何？」

『だから、別れた』

「いつ！」

甲高《かんだか》くひっくり返った問いに、浩輝がごく呑気《のんき》に「んー、いつだっけかな」と唸《うな》る。

『兄貴と三人で会った二日後……、いや、三日後だったかな』

「は？　何の冗談だ！」

『いや、冗談じゃねえって』

マジ、マジ、マジですよ～、と即興のマジですよの歌が数秒流れた。

「……じゃあ、何であいつのマンションにお前の荷物がまだあるんだ」

『他人になったからって放り出されちゃ、マジで死ぬほど困るから、帰国するまで預かってもらってんだよ。べつに憎み合って別れたわけでもないしな、俺たち』

「……どういう理由で別れたんだ？」

『何で、そんなこと知りたいんだよ？』

答えを迷うより先に、「ああ」と浩輝が意味ありげに笑った。

『そう言や、櫂《かい》って兄貴のもろタイプだなよ。優しげで、スマートなインテリで、ちょっと片桐《かたぎり》先生っぽくって。仕事か何かであいつにばったり会って、うっかり惚れたんだろ』

浩輝は、友利が町田支部へ異動になったことを知らないらしい。どうやら別れたというのは本当のことで、ずっと連絡を取り合っていないのだろう。

それはわかったが、それ以外のことがまったく理解できなかった。

混乱する頭がますます混乱し、携帯が手からすべり落ちそうになる。

「なっ、そ……、おま……っ、おま……！」

『なそおまおま？　兄貴、酔っ払ってんのか？　そっちは今、夜か？』

「そうだけど、違うっ」

叫んで立ち上がり、また腰を下ろして鈴原はひとつ息をつく。

「……何で、どうして……。そんなことをお前が……。俺は、何も言ってないのに……」

『わざわざ言葉にしなくたって、バレバレだって。そもそも、俺がゲイになったのって、原因は兄貴だしな』

「俺？」

『そ。正確には、片桐先生を見る、兄貴のとろーんとした恋する乙女の目。先生大好き～、愛してる～、キスして～って看板出してるみたいな』

「……そんな目は、してない」

『いや、してた。八歳の俺が、気づくぐらいだぜ？』

　言下に反論し、浩輝は続ける。

『最初は、恋をしたら人はこんなに幸せそうなアホ面《づら》になるのかって好奇心で兄貴を観察してただけだったんだけどさ、兄貴があんまり先生を褒めちぎるだろ。とにかく格好いい、格好いいって。で、そのうち俺も洗脳されて、気がついたら、片桐先生が好きになってた』

　兄貴とおんなじで、先生が俺の初恋だぜ、と浩輝は明るく言って、鈴原をさらに驚かす。

『兄貴のあの目を知ってたら、初恋がたまたま同性だっただけとか、バイだったりするわけじゃないって嫌でもわかった。兄貴、たまーにさ、俺に彼女のことを話しただろ？　いかにも「俺はノーマルだぜ」アピールみたいに。だけど、そのときの兄貴の目、まるで生気がなくて、恋してます感ゼロどころか、マイナスだったしな』

「……自分じゃ、そんなつもりはなかった」

『なくても、モロバレ。超モロバレ。片桐先生にデレデレしてたときと比べたら、苦行中の坊さんかって感じだったぜ、兄貴』

　だから、と浩輝は淡く苦笑する。

『片桐先生のことまで勘づいてたかどうかは、今となっちゃ確かめようがないけど、母さんだって、兄貴が女に興味を持てない種類の男だってこと、ちゃんと気づいてたぜ。で、自分が同性愛を否定したせいで、兄貴は恋愛のことがあんま上手くいってないみたいだから、相談相手になってやってくれ、って俺宛の遺書に書いてあった』

「……母さんの遺書に？」

ああ、と静かな頷きが返ってくる。

秘密にしていたつもりだったのに、最初から何も秘密になっていなかったのだとわかり、叫び出したい恥ずかしさと、大きな脱力感が交互に胸に湧く。

「……何で、知ってたこと、ずっと黙ってたんだ」

『そりゃあ、だって、当事者にとっちゃデリケートな問題だろ、こういうことって。兄貴が隠そうとしてる間は、触れてやらないのが武士の情けだと思ってさ。でも、ま、櫂のことはちゃんと相談に乗ってやるから、安心しろよ、兄貴』

言われ、脱力感に蝕《むしば》まれてゆるみかけていた意識が一瞬で張りつめて友利に集中し、ある会話を思い出す。

「……浩輝。お前、あいつにこの前の免停のもみ消しの件、頼んだりしたか？」

『なわけないじゃん。別れたけじめってもんがあるからな。不必要に連絡は取らねえよ』

――鈴原さんには、浩輝から連絡が来ましたか？

――ええ。

たぶん、あの会話だ。あのときの言葉足らずの会話で、お互いに思い違ったのだ。

鈴原は、友利と浩輝の恋人関係が続いていると。

友利は、自分たちが別れたことを鈴原が浩輝から聞いて知っていると。

そのあとの、ふたりで会うようになってから交わした会話を呼び起こし、たどりながら、鈴原は呆然とまたたく。

優しい笑顔で、甘い言葉で、友利は自分を口説《くど》いてくれていたのだ。

どうして一度でもきちんと確かめなかったのだろう、とあとからあとから苦い後悔が湧く。

おそらくは、アボットのライブに誘われたあの夜からずっと。

なのに、友利がついにはっきりとした言葉で示してくれた好意を——ほしくてほしくてたまらなかったものを、愚かにも撥《は》ねつけてしまった。

いきなり、丸出しにしたペニスを握らされ、何という最低の変態男かと逆上してしまったけれど、「好きだ」と言ってくれたあの言葉は、友利の真面目な告白だったのだ。軽々しく身体だけの関係を求めたのではない。

そもそも、元々変態だとしても、友利があんな行動を取ったのは、昨夜散々猥りがわしく腰を振り立て、逞しい雄を浅ましく求めた自分のせいだったのに。

『俺、仕事に出るまであと一時間くらいあるからさ。それまで、何でも相談に乗ってやるぜ。で、櫂とはどこまでいって、何で悩んでんだよ、兄貴』

薄笑いを含んだ軽口が、遠い異国から飛んでくる。

『最初に俺から一言言っとくとさ、櫂をもし逃がしたりしたら、あとで絶対後悔するぜ。見た目も中身も、超絶に極上の男だからな。まあ、ちょっと変態っぽいところが難点っちゃあ、難点だけど、それだってあいつのいい男っぷりと比べたら、大した問題じゃない』

そんなことはもうとっくに知ってるし、後悔だってしてる。

そう叫んで、頭をかきむしりたい気持ちだったが、口にしたのはべつのことだった。

「……そんないい男と、何でお前は別れたんだ？」

『んー。それは、俺の口からはちょっとな。ま、だけどさ、俺たちにとっちゃ、別れるしかない大問題に発展したけど、兄貴と耀とじゃ、そういう問題は起こらない気がする。たぶん。いや、百パーセント』

「思わせぶりにはぐらかしてないで、さっさと吐け」

『吐かない。耀に訊いて、俺をダシにいちゃつけよ』

揶揄《やゆ》混じりに拒み、浩輝は「ちなみに」とつけ加える。

『俺と耀、最後まではやってないから、兄弟丼になるのを潔癖に気に病んでるんなら、その点は心配ないぜ、まったくな。心置きなく、耀にアンアン言ってやれよ、兄貴』

自分から一言訊けばすんだのだし、もとより報告の義務などないのだ。恋人だと紹介した直後に別れ、それを知らせてこなかったからと言って、浩輝が悪いわけではない。

性癖のことにしてもそうだ。隠せているつもりなのは自分だけ。悲劇の主人公のつもりが、実は喜劇の大根役者だった。そんなたまらなく恥ずかしい状態にまるで気づかず、勝手にひとり芝居を二十年続けていたからと言って、それはべつに浩輝のせいではない。

そう思う気持ちはあるけれど、こみ上げてくるものをどうしても抑えきれなかった。

「何がアンアンだ、この能天気馬鹿！」

『そう照れるなって、兄貴。ほら、話したいこと、話してみろよ』

聞こえてきたくつくつとした笑い声を、鈴原は「誰が話すか！」と声を張り上げて蹴り飛ばす。

「これは、俺の問題だ。俺が自分で解決する。じゃあな。さっさと仕事に行け」

早口に告げて電話を切り、鈴原は倒れこんだベッドの上で頭を抱えて転げ回った。

4

――謝って、弁解し、告白すること。

浩輝に相談するまでもなく、自分のしなければならないことは明確にわかっていた。

しかし、「顔を見せるな」、「話しかけるな」とヒステリックに怒鳴ったあげく、きっと友利の自慢の一物だろうペニスを粗チン、粗チンと連呼して侮辱し、あまつさえ「死ね」とまで暴言を吐いたのだ。

友利の心の内を推測すると怖くなり、迷っているうちに今のこんな関係では電話をするには非常識な時間になってしまった。メールも、文字を打とうとするつど指先が跳ね、できなかった。

そして、友利からも連絡はなかった。

都合よく友利の優しさに縋り、着信拒否を解除して小さな液晶画面に恋しい男の名前が表示されるのを待ったけれど、携帯電話は一晩中、ぴくりとも動かなかった。

結局、一睡もできないまま朝となり、鈴原は重く濁る胸と睡眠不足で鈍く疼く頭を抱えて出勤した。

「係長、戻りました」

空が薄曇りになってきた午後、オフィス内に設置されているコーヒーサーバーの前で朝から何杯目になるのかわからないコーヒーをカップにそそいでいると、午前中にコンビニで発生した事後強盗事件の捜査から帰ってきた小竹が早足で寄ってきた。

「何というか、ちょっとした悲劇の現場でした」

「悲劇？」

ええ、と複雑な表情で頷いた小竹によると、いち早く現場に駆けつけた交番勤務の制服警官が捕らえた被疑者は、二十二歳の男子大学生だったという。

その被疑者は常々、事件現場となったコンビニの「ふわふわとろ〜りモンブランパフェ」なるものに並々ならない興味を持っていたが、「男が甘い物を食うなんて」という硬派な考えの持ち主でもあった。しかし、卒業論文の執筆に勤《いそ》しんだ徹夜明けの今朝、疲れた身体がパフェを強く希求し、食べたくてたまらなくなった。ところが、レジに立っていたのは、被疑者好みの若い美人店員で、そんなものを買うのが恥ずかしかった。

食いたいが恥ずかしい。だが、どうしても食いたい。そんな葛藤の末、徹夜明けで判断力の鈍っていた被疑者が選んだのは「万引き」だった。

しかし、本人の供述が真実ならば、生まれて初めてだったという拙《つたな》い窃盗はあっさりと店長に見つかった。そしてその瞬間、店長が「警察を呼べ！」と叫んだことで、被疑者はパニックになった。近くにあった酒瓶《さかびん》を手にとって叩き割り、それを武器にして店長を脅して軽傷を負わせ、「ふわふわとろ〜りモンブランパフェ」を持って逃走したが、逃げ切れずに近くの路上で制服警官に捕まった。

「いい会社から内定をもらっていたようですが、これで今後の人生がだいぶん狂うでしょうね。たかがパフェごときのために、馬鹿なことをしたものです」

確かに悲劇だが、今は友利とどうやって連絡を取ろうかということで頭がいっぱいで、同情心は湧かなかった。

思考回路を曇らせている寝不足の靄《もや》を少しでも払うためにコーヒーを飲み、「そうだな」と鈴原は曖昧に返す。

「買うのが恥ずかしいから万引き、という短絡的な思考には呆れますが、被疑者が二階堂くらいの図太さを持っていたら起こらなかった事件だと思うと、悲劇……」

言いかけた言葉を、小竹が途中で呑んだ。今名前を口にした二階堂が目を血走らせ、頬を擦りつけるようにして足元の床を這ってくるのが目に入ったからだ。

べつに示し合わせたわけではないが、鈴原と小竹はまったく同時に半歩、後退《あとずさ》った。

「……何をしてる、二階堂」

鈴原が問うと、「ハンコ探してるんですぅ」と二階堂が低い声で答える。

「報告書書いてたら、どこかへ転がっていっちゃって。もー、ハンコ押さないと、出せないのに！」

「目を使わず、鼻を使え、二階堂。犬のお巡りさんの本領を発揮しろ」

「いやー。今日はちょっと鼻がきかなくて、って、係長！　俺今、かなり本気で困ってるんです！　全然、冗談言ってる気分じゃないんですけど！」

思いっきり言ってるだろう、と小竹が眉を寄せて首を振る。

「係長、暇なら一緒に探してくださいよ」

「断る。暇じゃない」

幸いにも、今日は今のところ事件が少なく、強行犯係としては比較的暇だったが、鈴原は友利への接触方法や謝罪方法を考えることに忙しい。

「えー。さっきから、コーヒーばっか飲んでるじゃないですか。俺のハンコが見つからなくて、報告書が出せなかったら、最終的に一番困るのは係長なんですよ？　一緒に探してくださいよお！」

「それが上司にものを頼む態度か」

「這いつくばって懇願してますよ、俺。人間として、一番屈辱的なポーズでお願いしてるじゃないですか。だから、係長も一緒に……、あ！」

二階堂が数メートル先のスチール棚へ視線を向けたかと思うと、巨体に似合わない俊敏さで立ち上がり、その前へ走って行った。

棚の下の隙間から、印鑑らしき物の端がのぞいていた。しかし、それは二階堂に拾い上げられることはなく、勢い余った指先に弾かれ、奥の暗闇へころころと吸いこまれていった。

「うわっ、マジかよ！　嘘だろ！」

「うるさいぞ、二階堂。さっきから、何、騒いでるんだ」

すぐそばのデスクに座っていた盗犯係の年嵩《としかさ》の捜査員が、二階堂を睨む。

「俺のハンコが、棚の下に転がっていったんです！　おぉー、もぉー、報告書が溜まってるのにぃ！　誰か、長い物！　長い物、貸してください！」

「だから、うるせえんだよ、お前は。落ち着きのねえ奴だな」

年嵩の捜査員は、なぜそんな物を持っているのか、机の下から取り出した五十センチほどの定規で二階堂の肉厚の背をぱしりと叩く。

二階堂はしばらく、アリの巣をほじるアリクイのように、渡された定規で棚の下の暗闇をつついていた。しかし、印鑑は出てこず、結局棚を動かすことにしたようだ。

二階堂に声をかけられた強行犯係や盗犯係の者たちが、ぶつぶつと文句を言いながらも集まり、棚を動かしはじめる。

毎日必ず、周りの誰かしらに怒鳴り飛ばされているにもかかわらず、二階堂は妙に人を惹きつける魅力のある男だ。これでもう少し常識的な言動を身につけられたら、早く出世できるだろうに、とぼんやりと思っていると、強行犯係のデスクで外線電話が鳴った。

在席している係の者は皆、棚に張りついて動けないので、鈴原が受話器を取った。

「はい、強行犯係」

『町田支部の友利です』

聞こえてきたその声はよく研いだ刃物のように鋭く、鈴原の鼓膜を冷ややかに刺した。

『今日送検されてきた、図師町の強制猥褻事件の担当者を出してください』

――強制猥褻で訴えられたくなかったら、仕事以外で二度と俺に顔を見せるな！　絶対に話しかけるな！

昨夜、友利に放った暴言が頭の奥で蘇《よみがえ》って響き、心臓が鼓動を速める。

「……今、手が離せません」

寝不足のせいか、ひどい眩暈《めまい》を伴う後悔に苛《さいな》まれながら、鈴原は小さな嘘をついた。

その事件の担当者の二階堂は、棚を動かしてできた隙間に太り気味の身体を挟まれ、身動きが取れなくなっている様子だが、呼べば誰かが引っ張り出してやるだろう。

けれども、呼ぼうとは思わなかった。

鈴原は、友利と話がしたかった。

「何かご用でしたら、私がうかがいます、検事」

『いえ、結構。担当者の手が空いたら、連絡するように伝えてください』

今は職務中で、ここはオフィスだ。個人的なことを話すつもりなどなかったが、今晩か、明日の夜か、とにかく近いうちにそうするための糸口となる雰囲気を、少し作るくらいはしたかった。

そう願っていたけれど、とりつく島もなく、電話は切れた。

友利の声は、いつもの比ではないほどに凍てついていた。

鼓膜にも胸にも、じくじくとした痛みが広がる。

鈴原は受話器を置き、細くため息をつく。

想像以上に、友利は怒っているようだ。

謝ったくらいで許してもらえるだろうか。それ以前に、謝るチャンスをもらえるだろうか。

鈴原はこめかみを押さえてうつむく。

もし、嫌われてしまっていたら、愛想をつかされてしまっていたら、とひとりでいくら考えても答えの出ないことを堂々巡りに悩んでいる場合ではもうない気がした。

友利の怒りが冷え固まってどうにもならなくなる前に、話がしたい。

まずメールをしてみて、反応がなければ、マンションの前で待ち伏せよう。

いささかストーカーじみている気もするものの、ほかに方法がない。非常事態だし、関係が決定的に崩壊したのにつきまとうわけではないのだ。誤解が原因でねじれてしまった感情を元に戻す努力なのだから、一度や二度程度なら許される行為のはずだ。

そう誰に対してだかわからない言い訳をしたとき、総務係の職員に呼ばれた。

「鈴原係長、お客様です」

見ると、扉口に痩《や》せた白髪の女が立っていた。

一瞬、誰なのかわからなかったけれど、歩み寄り、その痛々しく落ちくぼんだ目と視線を合わせて記憶が蘇った。八月の初旬に出頭してきた金川道雄《かねかわみちお》の母親だ。

結局、最後まで反省の態度を示さなかった金川はつい先日の裁判で懲役一年四月の実刑判決を受け、収監された。

おそらく、その心労のせいだろう。母親の頭には驚くほどの白髪が増えていた。

「その節は、大変ご迷惑をおかけしました」

鈴原に弱々しい笑みを向け、母親は頭を下げる。

「息子のこと、一段落つきましたので、お世話になった刑事さんにぜひ一言お礼をと思いまして」

「そうですか。ご丁寧にありがとうございます」

事件が決着したり、何らかの節目を迎えた際に、犯人の家族が警察や検察の担当者に礼状などを送ってくるケースはまれにあるが、直接会いに来るのはさらに珍しい。

少し戸惑いつつも、鈴原は応接スペースへ母親を案内する。

「あの子、弁護士の先生の仰ることにまるで耳を貸さなくて……。最後まであんな態度でしたから、もっと重い罰が下るのではないかと思っておりました」

先導する鈴原の後ろをうつむき加減に歩きながら、母親は掠れた声で言う。

「被害者の方には申し訳ないですけど、少しほっとしました」

「お疲れ様でした、金川さん。何かとご苦労が多かったでしょう。息子さんが罪を償って、帰ってこられるまで、ゆっくり休まれてください」

「ええ。ありがとうございます」

頷いたあと、母親は「ほぅ……」と細い息をゆっくりとついて立ち止まる。

気分でも悪くなったのだろうか、と思い、鈴原も足を止めて振り返った。

「でもね、刑事さん。私、ずっと考えていたんですけど、やっぱり一番悪いのはあの子じゃないと思うんです」

「……え?」

「私を騙した刑事さんが、一番悪いと思うの。そうでしょう?」

ぼそぼそとかすれた呟きを落としながら、母親は持っていたバッグの中から包丁を取り出した。財布か何かを取り出すかのようなとても淡々とした、自然な動きで。

だから、鈴原は反応が遅れた。

「刑事さんが私を騙したから、あの子が刑務所に入る羽目になったんですもの」

突き出された刃先を避けられたのかどうか、自分でもわからなかった。

ただ床に倒れた身体が痛かった。後頭部が燃えるように熱かった。

一面に水でも張られたかのように、視界がぐにゃりとゆがむ。

あちこちから怒号が聞こえた。誰がどこで何を言っているのか、まるで理解できなかったけれど、なぜか二階堂の声と姿だけははっきり認識できた。

「係長になんばすっとや、おばさん！　係長、係長！」

何度も呼ばれる方向へ、視線だけをのろのろと動かす。

先ほどとは違う、身体の左半身だけを外に出した格好で棚の隙間にすっぽりとはまり、もがいていた二階堂と目が合う。

二階堂が自分に向かって何かを叫んでいたが、もうよく聞こえなかった。

視界も聴覚も、四肢の感覚もだんだんとぼやけてくる。

自分は死ぬのだろうか、と鈴原は思った。警察官になったときから覚悟はしていたが、こんな殉職の仕方は少し間抜けな気がして、淡い自嘲《じちょう》が漏れた。

それに、どうせ死ぬのなら、最期《さいご》に見るのは友利の笑顔がよかった。最期に聞くのは、友利の優しい声がよかった。可愛いとは思うが、手のかかる部下の、棚の間に挟まってもがいている無様な姿と、野太い長崎弁などではなく。

友利に会いたい。友利に会いたい。

会って、謝って、好きだと言いたい。

それればかりを考えながら、鈴原は意識を手放した。


覚えているのは、友利に会いたいと願ったことだ。

だからなのか、重い瞼《まぶた》を押し上げると、そこに友利の顔が見えた。

なめらかな白い肌に高い鼻梁《びりょう》。涼やかな黒い双眸。あでやかな色気がしたたる、この世のものとも思えない美貌。

高い位置から自分を見下ろしたまま、何も言わない友利は幻かもしれない。けれども、それでもよかった。やたらと白くて眩《まぶ》しいここがどこなのかもわからなかったけれど、それもどうでもよかった。

ここが天国でも地獄でも、どちらでもいい。

友利の姿をひと目見られただけで、幸せだった。

「……怒らないで、笑ってくれ。好きなんだ。ずっと好きだったんだ」

手を伸ばし、ただの幻かもしれないそれに告げる。

伸ばした指先に友利は触れてはくれず、片眉を跳ね上げたあと、くるりと背を向けた。

直後、軽い金属が擦れるような乾いた音がして、急に視界がひらけた。

二度、まばたきをして、理解する。

そこは、白いカーテンで仕切られたベッドが並ぶ病室だった。

「先生。彼は譫言《うわごと》を言っていますが、頭は本当に大丈夫なんですか？」

「寝ぼけてるだけでしょ。大丈夫、大丈夫」

友利が抑揚のない口調で放った問いかけに、斜向《はすむ》かいのベッドで患者を診ている男性医師が振り向かずに肩を竦める。

「あんだけ色々検査して、何の異常もなかったんだもん。起きたんなら、さっさと帰ってベッド空けてくれると嬉しいな。病院のベッドは病人のもので、健康管理のできてない寝不足の刑事がぐーぐー寝てていいところじゃないんだよぉ。わかってるぅ？」

中年の男性医師は、犬でも追い払うように「しっしっ」と手を振る。

「だそうですので、速やかに退散しましょうか」

冷ややかさすら感じる平坦な声音で、友利が促してくる。

「……あ、ああ」

記憶が混乱していて、状況がよく呑みこめない。

わけがわからない思いで起こした身体は、首元をゆるめられたワイシャツとベルトを抜かれたスラックス姿だった。

戸惑っていると、「服はそこです」とベッド脇の籠《かご》を指さされる。ネクタイとベルトを締め、袖を通した上着には、不格好な畳み皺がくっきりとついていた。

「……俺は、どれくらいここにいたんだ？」

「六時間くらいだと聞いています」

「昼間、刺されて……、運ばれてきたんだよな？」

頭の中で縺れる記憶の糸をほぐすうちに、金川の母親に包丁を突きつけられたことを思い出す。倒れたとき、肩や頭に酷《ひど》い痛みを感じたことも。

だが、今は身体のどこにも痛みを感じない。頭のほうも記憶の混乱が収まると、寝不足のせいで重く広がっていた靄が消えていて、すっきりと軽かった。

「いいえ。鈴原さんは包丁を避けた拍子にすべって転んで頭を打って、気絶していただけです。なかなか目が覚めないので、頭部の検査をしたところ、ただ寝ているだけだと判明して、付き添っていた署の方は皆さん、引き上げられましたよ。ああ、それから。鈴原さんの荷物は署にあるので、起きたら取りに来るように、と言付かっています」

淡々とした説明を聞きながら病室を出る。

遠くに見えたガラス張りの玄関の向こうは、深い色の夜だった。

「……お前は、ずっと付き添ってくれていたのか？」

「まさか。そんな暇はありません。仕事帰りに、少し様子を見に寄っただけです」

「いつ、来たんだ？」

「そうですね。三時間くらい前でしょうか」

諸手続は署の担当者がすでにすませてくれているそうなので、そのましんとしたロビーを抜け、病院をあとにする。救急車で運びこまれたのだろうそこは、署から少し離れた場所にある総合病院だった。

ひやりとした夜気に夏の名残《なごり》はもうなく、濃い藍色《あいいろ》の空からは月の光が降っていた。

鈴原は、胸の中で友利の告げた「三時間」という言葉を繰り返す。とても恥ずかしい失態を犯したのに、胸にはほわほわとした熱が広がり、頬がゆるみそうになる。

「で、これからどうしますか？　荷物を取りに署へ戻りますか？　それとも、寮に帰りますか？　送るくらいはしますよ」

刑組課のオフィスで倒れたときのままの格好なので、携帯も財布もない。だが、署へ戻ろうという気にはならなかった。今すぐしたいのは、もっとべつのことだった。

「俺はお前と話がしたい」

昨夜のことを怒っているはずなのに、三時間も待っていてくれた男の目を、鈴原はまっすぐに見つめる。

「後日のほうがよくないですか？　私は今、結構気が立ってますよ」

怒っているのはきっと本当だろう。けれども、本気の拒絶は感じなかった。

「でも、三時間も俺の目が覚めるのを待っていてくれた」

「こんなに長居をするつもりはなかったんですが、あなたの寝顔を眺めながら、今度ベッドでどんなことをしてもらおうか、あれこれ考えていると、あっという間に時間が過ぎてしまいましたから」

「……お前。まさか、俺が寝てる間に、何かしたんじゃないだろうな？」

「するわけないでしょう、個室じゃないのに」

商店街でも住宅街でもない、中途半端に寂れて薄暗い通りだった。

ぽつりぽつりと店舗の明かりが漏れるだけのひとけのない夜道をどこへともなく歩きながら、友利は平坦に答えた。

今の友利は、検事の友利ではない。けれども、ただ甘やかで優美なだけの友利でもない。優しさと意地の悪さが混在する、自分の知らない顔をした友利に、鈴原はかすかに戸惑いつつも、なぜか奇妙な興奮を覚えた。

「淫乱警部補の乳首がワイシャツをいやらしく持ち上げて勃っていたので、ちょっと押してつついてつまんだくらいです」

「……意識のない人間に何てことするんだ、変態」

「そういう変態がお好きなんでしょう、あなたは」

「変態が好きなんじゃない」

鈴原は言下にきっぱりと否定する。

また「譫言」などと言われないように視線を深く絡め、ずっと胸に抱いて育《はぐく》んできた想いを恋しい男に向けて放った。

「お前が好きなだけだ」

「それって、何か違いがありますか？　同じことだと思いますが」

「全然違う。俺は、変態は嫌いだが、お前は好きだ。だから、お前になら何をされてもいいと思うが、ほかの変態に寝ている間に勝手に乳首をつままれたりしたら、俺はたぶん、そいつを撃ち殺したくなる」

「聞き捨てなりませんね。刑事としては、不適切な発言です」

「比喩だ、馬鹿。つまり、俺は、それくらい、お前が好きなんだ。どうしようもなく、お前に首ったけなんだ、友利」

もう、どんな誤解も勘違いも起こしたくない。

鈴原は声を強くはっきりと響かせる。

「昨夜、あんなことを言ったのに？」

静かに澄んだ声が返ってくる。

「すごく傷ついたんですよ。あなたの粗チン連呼」

「悪かった。だけど、あのときの俺は」

「知ってます」

鈴原の言葉を遮った友利の美貌が、ふいにふわりとほころぶ。

「え？」

「私がまだ浩輝とつき合っていると勘違いしてたんですよね？」

「どうして、そのこと……」

「浩輝から電話があったので」

それはちょうど、鈴原が金川の母親に襲われ、署が騒がしくなった頃だという。

ライブ終わりの打ち上げの最中だとかで、ずいぶんと酔っている様子の浩輝に、友利は「お前、俺の兄貴と会ってるな！　どういうつもりで会ってるんだ！」と詰問されたそうだ。

「何の前触れもなく、突然そんな電話がかかってきたので驚きましたが、あなたとの関係はいずれは言わなければならないことなので、簡潔に事実を伝えました」

「……何て？」

「好きだから会っている、と」

そう答え、友利は「あなたがとてもいけない警部補だということをすでに知っていることまでは、話していませんが」とつけ加えた。

「浩輝は呂律《ろれつ》が回っていなくて、あまり要領を得ませんでしたが、あなたが私を好きで、でも私がまだ自分とつき合ってると勘違いしてエア三角関係にひとりで悩んでいるようだからすぐに何とかしろ、という主旨のことを言っていたのはわかりました。だから、鈴原さんが昨夜、突然怒り出して帰った理由も、理解できました」

友利は双眸をやわらかくたわめ、鈴原の頤を指先ですっと撫でた。

「鈴原さんは、私があなたを浩輝が帰国するまでの生きたラブドールにするつもりだ、とでも思ったんでしょう?」

「……まあ、大体そんな感じだ」

酔った勢いで友利に連絡してくれたらしい浩輝のお節介に心の中で感謝しつつ、鈴原は瞼を少し伏せた。

「言っておきますが、私はそういう不誠実なことは好きではありませんので。私が今、真剣につき合っていて、セックスをする相手は、あなただけです」

「……ああ。悪かった」

「わかっていただければ、それで結構です。浩輝とのこと、ちゃんと確認をしなかったのは、私も同罪ですしね」

肩を竦め、友利は迷いのない足取りでまっすぐに歩いてゆく。

最初はタクシーを拾おうとしているのかと思っていたが、どうもそんな雰囲気でもない。

「友利。俺たち、どこへ行ってるんだ?」

「ここから一番近場の、お互いのすべてを正直にさらけ出して、真摯に向き合い、話ができる静かな場所です」

「……それって、要するにホテルか？」

「そうとも言いますね」

「そうとしか言わないだろ。変態の思考回路は、本当に意味不明だな」

「そういう変態が、好きなんでしょう？　鈴原さんは」

「ああ、そうだ。好きだ。好きだ。好きで、好きでたまらない」

照れ臭かったけれど、今まで言えなかったぶんも繰り返す。

「私も、いけない淫乱警部補が好きですよ」

「告白くらい、普通にしろよ、変態」

「鈴原さんのことを、心から愛しています」

願った通りの愛の言葉が即座に降ってきて、胸から喜びがあふれてくる。

小さな勘違いのせいで、悩まなくていいことに散々頭を悩ませ、苦しまなくていいことに苦しんだ。心と身体を繋ぐ順番も、間違えた。

だが、今となっては何もかもが、ささいなことに思える。

本当に好きになった相手と、生まれて初めて心が通じ合えた喜びと実感が、胸をじわじわと温かくしてゆく。

とても幸せな気分だった。

「……なあ。どうして、浩輝と別れたんだ？」

友利と浩輝がつき合っていた事実は、今のこの幸福感を邪魔するものではない。しかし、破局の理由は知っておきたかった。

「鈴原さんに紹介された夜のことでした。私たちは、絶対不可侵のアイデンティティーが衝突してしまっていることが判明したんです」

紡がれる口調が、とほうもない悲劇を語るかのようにしめやかになった——かと思うと、すぐさま晴れ晴れとした軽やかなものへ一変する。

「そういうわけで仕方なく、お互いの幸せを祈って別れる道を選んだのです」

もう過去に置いてきたただの思い出でしかないからこその冗談めかした物言いだということはわかったものの、内容はまるで摑み所がなく、鈴原は眉をひそめる。

「で、具体的に何だよ？」

「私も浩輝も、相手を抱きたい側だったんです。お互いに、それはゲイであることと同等の絶対に譲れないアイデンティティーだったので、何度か試してみたものの、私たちはどうしてもセックスができませんでした。世の中には男女を問わず、精神的な繫がり以上を求めないカップルも多くいるでしょうけど、私はセックスレス夫婦なんて絶対に耐えられませんから。それは、浩輝も同じだったため、話し合ってこういう結果になりました」

セックスは親密なパートナー関係を続ける上で最も重要なものではないにしろ、とても大切な潤滑油だ。鈴原は今まで本当の意味での恋人を持ったことがないけれど、そう思う。だから、お互いがいわゆる「タチ」だったことが別れの原因になったのは、理解できた。

しかし、不思議でもあった。今の友利の話では、鈴原と三人で食事をしたあの夜に初めて、衝撃の事実が明るみに出たふうだが、その時点でふたりはすでに同棲をしていた。

男同士は見た目で役割が判断できるわけではない。行きずりにひっかけた相手であれば、ベッドに入ってから驚いてしまう、ということもあるだろう。

だが、友利と浩輝はある程度の時間をかけて愛情を深めていったはずだ。

なぜ、もっと早い段階で確認しなかったのだろう。

「何で、つき合う前に確かめないんだよ？」

たとえば、と友利が妙に色気のある横目で鈴原を見る。

「ペットショップでとても小さくて愛らしいトラ猫の子猫を見つけ、一目惚れをしたとします。その場合、普通は可愛いとしか思わないものです。このトラ猫の子供は今は可愛いけれど、大きくなったら本物の虎になるかもしれない、なんて思う馬鹿はいません。どこにも」

喩《たと》え方がくどくどしいが、つまりは浩輝が絶対的な「ネコ」にしか見えなかった、ということらしい。

浩輝は「格好いい」よりも「可愛い」ともてはやされるタイプの美形だし、友利のほうが年上で、背も高い。仕方がないと言えば仕方のない思いこみだろう。

「それに、お互い一目惚れで、すぐにつき合うことにしたものの、そのとき浩輝は腰を痛めていたので、なかなかそういう展開には至れず、確かめる機会がなかったんです。浩輝の体調が悪いのに、性的なことを話題にするのは身体目当てのようで気が引けて、意識的に避けていましたしね」

「病室のベッドで意識を失ってる俺の乳首は勝手にいじりたおすくせに、変態の気の遣い方は基準が理解不能だな」

「一度セックスをした相手と、一度もしていない相手とでは、対処が違うのは仕方のないことですから、焼き餅は焼かないでください」

「……焼いてない」

気にしていないつもりだったはずが、些細《ささい》なことで弟相手の嫉妬を丸出しにしてしまった。

恥ずかしくて赤らんだ顔を、鈴原はふいと背けた。

「では、そういうことにしておきましょう」

耳に心地のいい笑い声が、耳朶をくすぐる。

「まあ、とにかく、浩輝と別れたのはそういうわけです」

「……じゃあ、俺は？　俺のことは、どうして好きになったんだ？」

尋ねながら友利と並んで角を曲がったとき、少し先にホテルの看板が見えた。

一番近い、という理由で友利が選んだそこは、古いビジネスホテルだった。宿泊料金を記したネオン看板が目に入った瞬間、幸福感に陶酔していた意識がふと現実に引き戻される。

「友利……。俺、財布持ってない。署だ」

本能の求めるまま、つい勢いで、署に戻るより友利とふたりきりでいることを選んでしまったが、ホテルに入るには財布が要《い》る。

「ご心配なく。私は財布を持っています。というか、鈴原さん。あなたが財布を持っていても、いなくても、私はホテル代を請求したりはしません。そんな最低なことをする男だと思われているのなら、ちょっと心外です」

「……思ってないが、俺も男だ」

「ですね。私好みの細身で、とても綺麗な色つやをしたペニスをお持ちですし」

「そういうことを言ってるんじゃない、変態。お前に金をたかるみたいなことを平気でできる精神構造じゃない、と言っているんだ。最低限の年上の沽券《こけん》くらい、持たせろ」

「私としては気が進みませんが、鈴原さんがどうしてもと仰るなら、この次から考慮しましょう。でも、今回はできません。今から署へ財布を取りに戻るなんて、冗談じゃありません」

きっぱりと言って、友利は「それに」と美しい肉食獣の目を鈴原に向ける。

「あんなにいやらしく腰を振りながら私のペニスを呑みこんで、盛大にお漏らしをしておいて、そういう意地を張るのはすごく今さらな気がしますけど」

「悪かったな、今さらで」

「べつに、少しも悪くはありませんよ。ですが、私はあなたを愛しているんです、鈴原さん」

耳に届く優しい声音が、ことさらに甘いものになってゆく。

「私とふたりでいるときは、年上の沽券なんて捨てて、何も考えずに素直に甘えてください。お願いします」


カムフラージュ用にシングルの部屋をふたつ取り、チェックインした。部屋のある最上階へ上がるため、エレベーターに乗りこんだ直後、隣に並んで立つ友利の手を臀部に感じた。

最初は偶然当たっただけかと思った。だが、友利の手は明確な意図を持って動いており、双丘の片方を掌で包みこまれた。

「……思い過ごしだといいが、痴漢をされてる気がする」

「ええ。勃ちそうなので、痴漢ごっこで気を紛らわせています」

真顔で答えた友利の指が、スラックス越しに臀部の割れ目をそろりとなぞる。

「――んっ。何、考えてるんだ、馬鹿。防犯カメラに映るだろ」

「そんなへまはしません。私の手は、ちゃんと死角になっています」

結局、エレベーターを降りるまでの間ずっと、スラックスの上から後孔を密やかにつつかれた。

一体どうやってそこだと確認しているのか、痴漢の指は鈴原の秘所の窪みのまさに中央を、的確に捉えていた。

眉ひとつ動かさずにそんな痴漢行為を続けていた友利の秀麗な白い顔は余裕があるふうに思えたが、中告通りの興奮状態だったらしい。

部屋に入るなり背後から強い力で抱きしめられたし、友利のそこは鈴原の腰に押しつけられながら瞬く間に猛っていった。

凄まじい勢いで増してゆくその硬度と熱は、ふたりぶんのスーツの布地を擦《す》り抜け、肌に直接響いてくるようだった。

「……友利っ。シャワー、浴びたい」

「浴びなくていいです。鈴原さんの匂いを嗅《か》ぎたいので」

股間をまさぐりながらそう返してきた男の腕を、鈴原はもがいて払う。

声でわかる。友利はきっと、絶対に、局部の匂いを嗅ぐつもりだ。もしかしたら、舐められるかもしれない。

数時間は病院で寝ていただけとはいえ、一日働いたあとだ。シャワーも浴びないまま、そんな場所に顔を突っこまれるなど、冗談ではない。

愛する男の要求には、なるべく応じたい。けれども、同性とのセックスはまだ二度目なのだ。今の段階では、つき合える変態プレイとつき合えない変態プレイがある。

「ホテル代は譲歩しただろ。今度はお前がしてくれ。俺は、シャワーを、浴びたい」

一瞬、友利が思案げな表情を見せた隙に、鈴原は浴室へ逃げこんだ。

友利は追ってこなかったが、時間をかけると乱入されそうな気がしたし、べつに焦らしたいわけではない。水圧を一番強くしたシャワーで急いで汗を流し、腰にバスタオルを巻いて浴室を出た。

鈴原を待つ間に、友利は全裸になっていた。

しかも、片膝を立ててベッドの背にもたれ、反り返る長大な勃起を扱いていた。自身の雄を見つめる眼差しに、歓喜の色をありありと浮かべて。

普通の男であれば、不気味な間抜けさしか感じない姿だ。

だが、友利のその姿はとても官能的で、芸術的なまでに美しかった。

逞しい肩のラインにほどよい厚みのある胸部。鋭く引き締まった腹筋。あぐらをかいていてもはっきりと誇示されている脚の長さ。一片の贅肉もない肉体は完璧な彫像めいていて、つやを帯びたようになめらかな肌からは濃厚な色香が匂い立っている。

内装も家具も清潔ではあるけれど、ここは古いビジネスホテルだ。一昨日《おととい》、身体を初めて繋げたスイートルームのような高級感など、どこにも微塵もない。なのに、友利がそこにいるだけで、優雅な雰囲気が周囲に満ちる。

どうして、この年下の変態男は何をしてもこんなに様になり、輝いて見えるのだろうとうっとりと思いながら、鈴原はベッドへ向かう。

「鈴原さん」

怒張を扱く手をとめ、友利は後ろ手に手をついて微笑む。

「待ちくたびれましたよ。私はもう準備万端なのに、肝心の鈴原さんがなかなか出てきてくれないので」

友利の下肢で反り返っている赤黒い肉茎には、太い血管がくっきりと浮き上がっていた。

その雄々しい脈動が網膜に沁みこんできて、眩暈を誘われる。鈴原はベッドの前で立ち止まり、咄嗟に顔を背ける。

「……何分も経ってないだろ」

「鈴原さんがシャワーを浴びる十秒は百年に感じます」

「大げさ――あっ」

ベッドのふちへ移動してきた友利がいきなりバスタオルを剝《は》ぎ取り、あらわになった鈴原の下肢の中央へ顔を近づけてきた。

友利は鼻先を陰毛の茂みに埋め、二度ほど呼吸をしてから、鈴原のペニスを掌に載せて持ち上げた。そして、秘裂に鼻孔を擦りつけるようにして匂いを嗅いだ。

「石鹸は使わなかったんですね」

「……ああ」

答える口もとが少し引き攣《つ》る。

変態は匂いの嗅ぎ方まで変態丸出しだ。

「よかったです。移動する時間がもったいなかったのでこのホテルにしましたが、鈴原さんのこの麗しい聖域から安っぽい石鹸の匂いがすると、ちょっと悲しくなるので」

返事に困り、視線を泳がせたときだった。

友利が、鈴原の腰の両脇を摑み、猥りがわしい手つきで上下にねっとりと撫でた。

「一昨日、鈴原さんを後ろから突いているときも思ったんですが、鈴原さんの腰って細いですよね。おまけにウエストもくびれていますし、お尻は薄いのに絶妙な丸みがあって、男の腰というより、男のためのエロスがつまった腰ですね」

言いながら、友利は枕元に置かれていたフェイスタオルを引き寄せ、なぜかそれを鈴原の腰に巻きつけた。

幅の狭いタオルだ。上部からは陰毛の茂みがわずかにはみ出ていたし、裾《すそ》からは淡い桜色のつるりとした亀頭の先端がのぞいていた。

嫌なわけではないけれど、中途半端な見え方がどうにも恥ずかしい。一昨日の裸靴下といい、この腰巻きタオルといい、どうやら友利とのセックスは、普通の裸ではできないようだ。

これもプレイの一種なのだろうか、と鈴原は少し困惑気味に思う。

「鈴原さん、痴漢に遭ったことは？」

「……さっき、エレベーターで変態に触られた」

「そうじゃなくて、電車や雑踏で、です」

「あるわけないだろ。俺は男だぞ」

「男だって痴漢に遭いますよ」

微苦笑して告げ、友利はタオルからはみ出た先端の孔を爪先でくりくりと引っかき、えぐりほじった。

「あっ、ぁん」

刺激を受けた秘唇はひくひくと切なげに蠢いて男を誘った。

だが、友利の手はすげなくそこを離れて奥へもぐりこみ、双果を宿す赤い膨らみをぎゅっと握った。

「あっ！」

強い力で揉《も》みこまれたそこから、鋭い痺れが走る。

頭だけを出して垂れていた陰茎がかすかな芯を孕んだかと思うと、タオル地を窮屈そうにくいっと持ち上げて、ゆるく勃起した。

「全部見えそうで見えないところがとても淫靡で、素敵です」

浅い角度でにょきりと突き出た屹立の蜜口を、友利が舌先で掠めるように舐める。

「ひぅ」

「それはそうと、一度もされたことがないのなら幸いです。今度、もっと本格的な痴漢ごっこしましょう」

何が「幸い」なのかも、「本格的な痴漢ごっこ」とは一体何なのかも、まるでわからなかったが、鈴原は問い質《ただ》さなかった。

友利が陰嚢を早いリズムで揉みこみはじめ、そんな疑問などどこかへ飛んでいってしまったからだ。

「あんっ！　あっ、あっ、あっ」

友利の手の動きに合わせ、腰がびくびくと前へ後ろへと跳ねる。

そのつど、鈴原の屹立もぴくんぴくんとしなる。だが、硬度を孕んでも合わせ目が少しきつく結ばれているタオル地の抵抗にあい、なかなか頭の位置が上がらない。さらに上から押さえつけてくる布地に、欲が芽吹いたばかりで敏感なペニスの皮膚をずりずりと擦られて、たまらなくなる。

蜜口の痙攣が大きくなり、徐々に透明なものが滲んできた。

「んっ……、あ、あ、あ……っ」

体内で歓喜の炎が熾《おこ》り、鈴原は腰を前後左右に振り回す。

「鈴原さん、あのSMカップルの再捜査の結果報告に来たとき、私にすごく悔しそうな顔で『参りました』って言ったでしょう？」

一瞬、何を言われているのか理解できず、またたいた刹那、陰嚢がきゅっと根元からねじられ、ぐにりと強い力で握られた。

「――あぁぁんっ」

妖《あや》しく蠢いた秘裂の奥から、透明な淫液が細く飛んで、真正面の友利の肩口をぴしゃりと汚した。

「潤んできたなと思ったら、いきなり破廉恥に潮吹きなんて、いけない警部補ですね」

「んっ、……馬鹿っ。お、男が、潮なんて……、あんっ！　あっ、あっ、あ、はっ……！」

「聞き惚れたくなるいい啼《な》き声です。鈴原さんの身体って、色んなところからたくさんの美しい音が出てきますね」

双眸を嬉しげに煌めかせる友利が蜜の袋を巧みな指遣いでいじり捏ねるつど、くねる秘唇からぴゅぷんぴゅぷん勢いよく噴き上がる淫液が友利の身体や、ベッドのシーツに散った。

「友利……っ。も、それ、やめ……っ」

腰に巻かれたタオルの下から勃起を突き出している格好にも、淫らに粘る蜜を撒き散らす様にも、どうしようもなく羞恥を煽られる。

深い快楽と同等の恥ずかしさが頭の中で跳ね回り、眦が熱くなる。

咄嗟に腰を激しく揺すって逃げようとしたとたん、それを咎めるように友利の指がさらに奥へ伸び、躊躇なく蕾を突き刺した。

「――ああ！」

指は鈴原の淫液を纏ってひどくぬめっていたし、めりこんできたのは爪先だけだ。痛みはなかったが、まだ慣れていない肉環の窄まりを強引にこじ開けられる感覚に、脳髄が痺れた。

ペニスが根元からぐっとくねり上がり、タオル地を突き破らんばかりに跳ねた。その振動で結び目がほどけたタオルが床に落ち、下肢に走った快感のせいで膝が笑った拍子に上半身が前へと傾いだ。

鈴原の身体を抱きとめた友利が、ベッドの上へ背中から倒れこむ。

瞬間、蕾に刺さったまま指がぬるんと奥まで埋まると同時に、友利の硬い腹筋の上で自らの身体に挟まれた勃起がひしゃげた。

凄まじい愉悦が脳裏で破裂し、白濁が迸る。

「ひぅ！　ああああ！」

背を大きく仰け反らせて極まっていた最中、後孔から指がずるりと引き抜かれた。内壁を引っかかれる刺激にさらに反って前へ出た胸のふたつの突起を強く摘《つ》まれ、息がとまりそうになる。

「あぁん！　やぁん！　あああ……！」

高くしぶき上がった精液はなかなかとまらず、びしゃびしゃと音を立ててシーツを濡らした。

「あっ、あっ、あっ……」

長く続いた射精がようやく収まっても、腰はまだびくんびくんと痙攣していた。

「鈴原さんの絶頂の迎え方は、言葉にもならないくらい美しいです。見ているだけで興奮して、一緒に出してしまいそうになります」

体内を吹き荒れていた法悦の波と荒い息が静まった頃、友利が鈴原の背をそっと撫でて微笑んだ。

気づくと、仰向けの友利に馬乗りになり、ぐっしょりとぬるつく会陰を引き締まった腹筋にゆるゆるとなすりつけていた。

我に返ったとたん、自分のそんな格好が猛烈に恥ずかしくなる。慌てて腰を浮かすと、会陰から何本もの粘る糸が引いてきらきらと煌めき、友利がその光景を「すばらしくいやらしい眺めです」と目を輝かせて悦んだ。

もう身の置き所がなくなる気分を通り越し、鈴原は開き直って「見物料取るぞ」と友利を睨みながらその隣に身を横たえた。

「いくら払ってでも、毎回見たいです」

「……馬鹿。そんなことより、お前、さっき妙なこと、言ってなかったか？　あのＳＭカップルがどうの、とか」

「ええ。あれが、鈴原さんを好きになったきっかけです」

「……は？」

「あのときの不本意そうな顔が、たまらなく魅力的で、心臓を鷲掴みにされました。それからは、プライドの高そうな美人警部補をベッドの中で啼かせて、『参った』と言わせてみたい、とそればかり考えていました」

言って、友利は鈴原のほうに身体を向けて片肘《かたひじ》をつき、戯れのように凝った乳頭をつついて、弾いた。

「あっ」

「鈴原さんは身体も声も、想像以上のというか、想像を絶するすばらしさで、愛し合える関係になれて、本当に幸せです」

ひどく嬉しげに笑んだ男が、優しく口づけてくる。

「ん……、ふ……っ」

舌をきつく絡ませ合い、吸い合い、互いの熱を分かち合う。

どうやら、自分は図らずも友利のサド心に恋の矢をうちこんだらしい。考えてみれば、自分も、あのときに知った友利の仕事への真摯な態度に持った好感が、恋の始まりになった気がする。

時をほぼ同じくして互いに恋をしていたことに、鈴原は運命的なものを感じた。

「ねえ、鈴原さん。鈴原さんが今日、寝不足だったのは、私との喧嘩が原因ですか？」

唇を甘噛みされながら問われ、鈴原は「ああ」と頷く。

「俺は、あのあと自分から浩輝に電話した。お前はとんでもない最低の変態男だから、早く別れろって忠告するつもりで。だけど、自分のほうがとんでもない勘違いをしてたことを知って、……お前にどうやって謝ろうか、もう愛想を尽かされてたらどうしようか、って、ずっと悩んで、眠れなかった」

「私も、昨夜は眠れませんでしたよ」

鈴原の頬を撫でて、友利が笑う。

「……俺に、腹を立てて？」

「いえ。腹を立てていたというより、ショックで。正直言って、私は自分のペニスにはかなりの自信があります。なのに、あんなに粗チンを連呼されたでしょう？　プライドがとても傷つきました」

友利は鈴原の頬の上で指先を遊ばせながら、穏やかに声を紡ぐ。

「それから、何よりも嫉妬をしました」

「嫉妬？」

「ええ。あなたはこれまで、どんな巨根の男とつき合ってきたのか、と。その男があなたの身体をこんなふうにいやらしく作り替えて、こんなにもいけない警部補にしたのかと思うと、嫉妬で狂いそうになって、少しも眠れませんでした」

聞こえてきた言葉に、鈴原はまたたく。

いい歳をして、「処女」だったと告白するのは恥ずかしい。年上の沽券に関わる。

しかし、よく考えてみれば、ホテルに入る前に友利が言った通り、あれほど散々な痴態をさらしておいて、今さら恥ずかしいも何もないだろう。

「……いや、友利。それは、勘違いだ」

年下の男の美貌から視線を逸《そ》らし、鈴原は言う。

「粗チンは、お前の母ちゃんでべそ的に意味のない悪口というか、ただの勢いから出た言葉だ。俺は……、お前のそのでかいペニスしか、知らない」

「……は？　今、何と言いました？」

「だから、粗チンは意味のないただの」

「そのあとです！」

友利は叫んで身体を起こし、鈴原に覆い被《かぶ》さるようにして肩の上に両手をついた。

「そのあとの一文を、もう一度、はっきり言ってください」

「……俺は、お前のそのでかいペニスしか知らない」

「あなた、処女だったんですか？」

「……そうだ。俺は、男とはつき合ったことがない」

「こんなにいやらしい身体で？」

「お前が、変態的にいやらしいことをしてくるからだろう。俺だって、自分の身体がこんなふうになるなんて、知らなかった」

眉をひそめて返した直後、あぐらをかいて座った友利の胸元へ、強い力で腰を引き上げられた。

足先が肩口へ落ちてきて、友利の鼻先で秘部をさらす格好になる。

「――お、おい！」

「鈴原さん。暴れないで、私の孔をよく見せてください」

「お前、何言ってるんだ？　それはお前の孔じゃないだろう。俺のだっ」

「いいえ。これは私の孔です」

ひどく真剣な、しかし欲情に上擦る声で言って、友利は窄まりのぐるぐるとなぞる。

「あっ、あ……っ」

「後悔先に立たずというのは、このことです。一昨日は、やっとあなたが落ちてくれたことに興奮しすぎて、挿入する前にどんな孔なのかを観察するのをうっかり忘れていました。自分のもので破瓜をしたとは言え、あなたの処女を見忘れたことが悔やまれてなりません」

友利は深いため息をついて、その代わりと言わんばかりに両手の親指と人差し指を肉環のふちに置くと、四本の指先にぐっと力を入れて襞を広げた。

元々ぬめっていたそこから、くちゅうっと淫らな水音が響いた。

「――あっ！」

こじ開けられた秘所の入り口部分を空気に撫でられる感触に、腰がぶるりと震える。

「夢のように綺麗な、輝くピンク色です。色だけはまだ処女そのものですね」

自分が初めて荒らした蕾の中をのぞきこみ、感嘆をもらした男の指先が二本、同時にぬぷんと沈む。

「ああっ」

隙間から内部を観察しているのだろう。友利は浅く埋めた二本の指をゆっくりとばらばらに動かしながら、肉襞を押し捏ねた。

肉筒の入り口だけをぬくぬくと突かれるもどかしい疼きで、下腹部が波うつ。

「あっ、あっ、あ……っ」

「鈴原さん。処女貫通のとき、どんな感じでした？」

「あっ……。デ、デリカシーのないこと、訊くな、この変態っ」

「あなたの処女を見忘れるという、人生最大の失態を犯し、私は自分の愚かさを死ぬほど悔やんでいるんです。お願いですから、その慰めに教えてください」

思いがけず真面目に懇願され、鈴原は戸惑う。

「私を呑みこむ瞬間や、私のペニスが奥まで届いたとき、痛かったですか？」

「……痛くは、なかった。でも、お前は、熱くて、でかくて……苦しかった」

「ずっと、苦しいままでしたか？」

そう問うと、友利は指をぐちゅんと根元まで深く沈めた。

内壁を勢いよくひっかかれ、下腹部でゆらゆらと逆さに揺れていたペニスがうねって芯を持った。

「ひぅっ。い、いや、違、う……。あっ、あっ、あ……っ！」

媚肉をえぐるようにして指を引き抜いた友利は、また肉環の入り口で指の抜き挿しをはじめた。

「では、初めてでも、私のペニスは気持ちがよかったんですか？」

「よ、よかった……。ああっ！」

肉環を穿《うが》つ律動の速度がいきなり速くなり、腰が浮いた。

「どこを擦られるのが一番感じましたか？」

それは覚えてない、と鈴原は首を振った。

「だけど、どこも……、気持ちよかった。——あぁん！」

答えたとたん、勃起の秘裂をこりこりとくじられ、内腿が引き攣った。

「では、入り口と奥と、どちちを突かれるのが好きですか？」

奥、と吐息で喘ぐと、入り口の襞を爪先に引っかけてぬぽぬぽとめくっていた指が、突然肉洞の深部を貫いた。

「あぁ！」

「私が中で射精した瞬間は、どうでしたか？」

友利はすぐに指を浅い位置へ戻し、そこだけをぐちゅぐちゅとかき回しながら、ときにはぷらんぷらんと跳ね踊る逆さの勃起の先端を握りつぶしながら、矢継ぎ早に卑猥な質問を続けた。

ひとつ質問に答えると、一瞬、快楽の増幅する愛撫をもらえた。それを目当てに答えを重ねつつ、これは一体何のプレイだろうと鈴原は思った。

何の道具もないホテルでのセックスですら、こんなに強烈なのだ。きっとSMグッズがぎっしり詰まっているに違いない友利のマンションの寝室では、どんな未知の世界が待っているのかと鈴原は少し不安になる。

イボつきやピストン機能つきのバイブレーターくらいなら、たぶん大丈夫だ。

友利の馬並みのペニスが気持ちいいのだから、そういう男根形の人工物も気持ちいいと感じられるだろう。

けれども、いくら友利を愛していても、あまり激しい痛みを伴う鞭《むち》や蠟燭《ろうそく》責めは怖い。

「友利」

自分の中に突き刺さっていた指をきつく締めつけ、男を呼ぶ。

「お前、普段はどういう道具を使うんだ？」

「道具とは？」

指の動きをとめ、友利が反問してくる。

「……ＳＭプレイをお前が好きなら、俺もそうなるように努力する。だけど、俺は、お前が初めてだから、鞭とか蠟燭とかいきなりハードに痛いやつは困るというか、その……、初級編から徐々に慣らしていってもらえれば嬉しいというか……」

言っているうちに段々と恥ずかしくなってきて、声が尻すぼみになる。

「何か誤解があるようですが、私にはそういうアブノーマルな趣味はありませんよ。だから、安心してください」

鈴原の後孔から指を引き抜き、友利が微笑む。

鈴原を心から慈しんでくれているような美しい笑顔だったが、気のせいか、妙に双眸の喜色が濃いようにも見えた。

「……んっ。だけ、ど、お前、ＳＭパーティーに行くんだろう？」

「そういう嗜好の友人知人が多いので、誘われれば。でも、私には好きな人を、鞭や蠟燭でいたぶる趣味はありません」

「本当……か？」

ええ、と友利は優しい目をして頷く。

「それから、私の友人たちの名誉のために一応言っておきますが、ＳＭは一方的に相手に痛い思いをさせるものではありませんよ。それはただの暴力で、ＳＭではありませんから」

「じゃあ、ＳＭって何だよ？」

「サービスと満足の関係です」

「そうです。Ｓはサービスのｓ、Ｍは満足のＭです」

「……詳しいな」

「と言うより、基本中の基本ですよ。ＳＭ入門の入り口です」

「……なあ、お前、本当にＳＭ趣味はないんだな？」

「ありません」

「寝室に大人のおもちゃがぎっしりなんてことは……」

「ないです。そういう物は、何一つ持っていません。お疑いなら、今晩にでも、家宅捜査に来ていただいて結構ですよ」

頭上から降ってきた答えに安心したような、少しがっかりしたような奇妙な気持ちを覚えた瞬間、そこに怒張の先端が押しつけられた。

「挿れます」

そう聞こえてきたときにはもう蕾の襞はめくり上げられていた。

「ああっ！」

巨大な亀頭が、ずぽんと肉環をくぐる。

身構える暇もなく雄の一番太い部分を突きこまれ、鈴原はシーツに爪を立てて悶えた。

「気持ちいいですか、鈴原さん」

友利はそれ以上腰を進めず、ぶ厚く張り出した亀頭のへりをぐぽぐぽと速い動きで出し入れしながら獰猛な笑みをしたたらせた。

「あっ、あっ、やっ……、あっ」

友利が出ていく刹那、亀頭のふちが肉環にきつくひっかかり、襞が強引に引き伸ばされる。その感覚がたまらなかった。快楽神経を突き刺されるような鋭い刺激が間を置かずに繰り返され、言葉が紡げなかった。

高く喘いでただ首を振ると、突きこみがさらに苛烈《かれつ》に速くなる。

ベッドが上げる軋みと、入り口の肉がぐしゅぐしゅとひしゃげる音が混ざり合って、室内に淫猥に響く。

「ああっ！　あっ、あっ！」

「鈴原さん、答えてください。私は、愛する人にはベッドの中で気持ちよくなってほしいんです。あなたはまだ二度目で、私のペニスには慣れていませんしね。気持ちがよくないなら、抜きますよ？　私の太くて長いペニスを無理やり呑みこませて、辛い思いをさせたいわけではありませんので」

どうやら、本音では鈴原の粗チン発言をかなり根に持っているらしい男の狡猾な仕返しに抗う余裕は、なかった。

ほしいのは、こんなじれったい快感ではない。もっと大きな喜悦だ。

鈴原は雄を引きこむために、腰を振り立てて叫んだ。

「あぁん！　いいっ、いいっ……、気持ちいい！」

「じゃあ、もっと奥までほしいですか？」

問いかけた友利が、亀頭に吸いつく媚肉をはねのける強引さで腰を引く。

自分の中を突き回していた楔の先がふいに抜け出てしまい、鈴原は突然の喪失感に狼狽え、空を蹴る。

「——なっ。友利っ！」

「鈴原さん。私がほしいなら、もっと腰を浮かせて、私の大切な孔がよく見えるように脚を大きく開いてください。それから、何と言えばいいか、わかりますね？」

友利の双眸で、あでやかさと獣性の混ざり合った強い光が煌めく。

「あなたの心ない発言に、私はとても傷ついています。ちゃんと言うべきことを言っていただけなければ、私のペニスはあなたの好きな場所に届くほど大きくはなれないかもしれませんよ？」

神々《こうごう》しいまでに美しい男の妖しい笑みに、頭の中で何かがすり切れた。

鈴原は、浮かした腰を突き出して脚を大きく広げた。

そして、もうすっかりほぐれた蕾を閉じ開きし、腰を揺らしてペニスと陰嚢をぷるんぷるんと振り回しながら雄を誘った。

「お前の、大きいペニスがここにほしい」

「私のペニスは、ただ大きいだけですか？」

脈打ち、ぬらぬらと照り輝く赤黒い肉の杭《くい》をゆっくりと扱き上げ、友利が笑う。

「……硬くて、長くて、気持ちのいいお前のペニスがほしい」

「では、さしあげましょう」

友利はぬめる切っ先で肉環をぐるりと押し撫でたあと、それを一気に突き立てた。

「――ああぁ！」

いつの間にか熟れきっていた内部の肉をごりごりと躊躇なく奥深くまで掘りえぐられ、瞼の裏で喜悦が弾け飛んだ。

愛《いと》しい男の獰猛な雄を呑みこみながら、鈴原はまた極まった。

淫らに跳ねて痙攣する昂ぶりの先から、色の薄まった白濁がぴゅるりぴゅるりと四方へ飛び散る。

「ああっ。あっ、あぁぁん！」

「いけない警部補の中は、最高ですよ、鈴原さん。とろとろの肉が絡みついてきて、ペニスが溶けてしまいそうです」

鈴原が吐精する間も、友利は腰遣いをまるでゆるめなかった。

脈動する巨大な凶器で、激しく収斂する隘路を猛々しく、延々と突き擦った。

「あっ、あっ！　友利……、友利……っ。あっ、あん！」

「鈴原さん。あんあんだけでは、気持ちがいいのか苦しいのか、わかりませんよ？」

怒張を引き抜かれかけ、鈴原は慌てる。

ただ本能に従って男の腰に脚を巻きつけ、腰を振り、高い声で媚《こ》びる。

「ああ……っ、いい！　すごい！　友利、もっと、もっと！」

求めるつど、雄の突きこみは激しくなった。ベッドがぎしぎしと軋んで揺れ、凄まじい抽挿の衝撃が腰骨に重く響く。

膨れ上がる快感で脳髄が痺れ、鈴原は足先をきつく丸めて煩悶《はんもん》する。

「もっと何ですか？」

「もっと、奥……っ。奥がいい……！」

なりふりかまわず腰をくねらせ、求めた直後、望んでいた深い場所に荒々しい一撃が送りこまれた。

「あっん！　いい、友利、いい……っ。そこ……っ、そこ……っ」

鈴原が望むままに、年下の男は強靭な腰遣いを続けた。

神経が焦げつきそうな歓喜にぞろぞろとうごめいて収縮する内部の媚肉を大胆にかき分け、鈴原をずんずんと突き上げて間断なく穿った。

背を反らせ、空を蹴り、丸めた足先を痙攣させ、シーツに爪を立ててよがっていた鈴原は、やがて気づいた。

肉襞が内側からぐいぐいと引き伸ばされ、雄の巨大な切っ先を感じる場所がどんどんと奥深くなっている。

「……友利っ！　あっ、あっ！　お前……、でかく、なってる……！　太いっ、そんな……、太い！」

「ええ、そうですよ」

掠れた声を落とし、友利が腰遣いを荒々しくする。

「鈴原さんの中があまりにも気持ちいいので、射精をするために中で膨張しているんです。私が届く場所も、感じる硬さも変わってきてるでしょう？」

「あっ、あ……ぁんっ。なってる、なってる……！」

「私の動きに合わせて、私をきつく締めつけてみてください。あなたの一番気持ちのいいところまで、きっとすぐに届きますよ」

唆されるがまま、体内を出入りする怒張を食いしめた直後、それはまるで意思を持った生き物か何かのようにはっきりと形を変えた。

膨張し、硬度を増しながら、ぐんと長く伸びた。

「ひぅっ！　あ、あ……っ！」

戸惑うほどの深部の肉がごりりとえぐられ、逆さになって揺れ回っていた鈴原のペニスがぴゅるりと半透明の粘液を飛ばした。

「やぁっ、嘘、嘘……！　硬い、硬い、硬い……っ！」

「硬い、から、何ですか？」

「すごい……っ、あ、あ、あ……っ、すごいっ！　いい、いい……っ」

「ねえ、鈴原さん。中をぐちょぐちょに濡らして、もっと気持ちよくしてあげましょうか？」

獣の声音が、鼓膜にねっとりと沁みこんでくる。

「して……くれ」

下肢を痙攣させながら頷いた刹那だった。

視界が揺れるほどの苛烈な突きの衝撃と共に友利の張りが爆ぜ、体内で熱い奔流が猛々しくうねった。

「あ、あ、あ……！　出てる……っ。お前が、中で……、出て、る……っ」

「どんな感じがしますか？」

「熱くて……、びゅるびゅるして、る……」

「かき混ぜて、泡立ててほしいですか？」

こくこくと首を縦に振ったのに、友利はまだ容積をまったく変えていない楔をずるんと引き抜いた。

「あっ……。何……でっ！」

恨みがましく抗議した身体をひっくり返され、伏せた体勢で腰を引き上げられた。

「かき混ぜてほしかったら、私のものを漏らしながら、腰をいやらしく振ってください。上手くできたら、よがり狂わせてあげますよ」

意図せず垂れ落ちてくるならともかく、そんな排泄行為を見せつけるようなことはさすがに躊躇われる。

けれど、鈴原はもうすでに知っている。

自分の中で雄の精液が泡立つ感触が、どれほど甘美なものかを。

「……嘘つき野郎」

「今、何と？」

「嘘つき野郎！　変態！　ドS！　何がいたぶるのは好きじゃない、だ！」

「心外ですね。あなたをいたぶったりなんて、してないでしょう？」

「今やってるじゃないか！」

「鈴原さん。こういうのは、可愛がっていると言うんです」

やわらかに諭す声音で、男はひどく優美に笑った。

「私は、あなたに誠心誠意をこめたサービスをしているつもりです。でも、あなたが嫌なら、もちろんすぐにやめますよ」

どうしますか、と鼓膜が蕩けそうになるほど甘い声音で問われ、背筋がぞくぞくとざわめいた。

「あ……っ」

震えた腰から、熱い精液がねっとりと糸を引いてしたたった。

雄の視線を敏感に察知したそこがきゅっと窄まり、したたりを堰《せ》き止めた。

「鈴原さん。もう少し上手にできますか？　できれば、とてもいいものを差し上げますよ。ね？」

熱い楔の先端で、閉ざした蕾をそっとつつかれる。

「んっ」

「ほら、可愛い孔を開いてください。私のものでぐしょ濡れになっているこの中を、思いっきり愛したいんです」

とても甘美な音色に頭の中をかき回されているようで、友利をほしいということ以外、何も考えられなくなった。

鈴原は腰を高く掲げ、下肢の力を抜いた。

ほろりとほころんだ蕾から、友利の放った白濁がとろりとろりとこぼれ出てくる。

「あっ……」

友利がくれた愛の証が体内からすべり落ちてゆく感触が切なく、鈴原は腰を揺らめかした。

そのつど、粘るものがゆるやかに漏れしたたった。

「処女だった鈴原さんをこんなふうにした責任は、ちゃんと取りますから」

ふいに鈴原の臀部を鷲摑みにして、喜色と興奮の混じる声で友利が言った。

どういう意味だろう、と考えた刹那、ずぶんと肉の凶器で貫かれた。

「ああっ！」

衝撃で大きくしなったペニスの先から、また愛液がぴゅるりと飛散した。

「愛しています、鈴原さん」

愛を囁いた声音は優しかったのに、友利が送りこんでくる突き上げは苛烈だった。

内部に残っていた白濁は瞬く間に泡立ち、怒張が抜き挿しされる動きに合わせて接合部へ漏れ出てきた。

「あっ、あっ、あ……っ！　友利……っ、友利っ！　もっと……、言ってくれ」

「愛してます、鈴原さん」

太くて硬い熱塊が、体内をずぶずぶと力強く穿っている。

白濁の泡がぷちぷちと弾ける甘美な刺激を、身体のあちこちで感じる。

愛しい男が何度も何度も愛の言葉を囁いてくれる。

気持ちがよくて、嬉しくて、たまらなかった。

制御できない歓喜の波にうっとりと揺られながら、鈴原は大きく腰を振った。


胸に甘い疼きを感じて目を開けると、赤く尖った乳首をくりくりとねじりもまれていた。

「気がつきましたか？」

鈴原はゆっくりとまたたき、記憶の糸を手繰《たぐ》る。何度達してもまるで萎えない友利に信じられない量の精液をそそぎこまれ、それを浴室で清められながらまた貫かれ、悲鳴を上げたあとのことを覚えていない。

どうやら、しばらく失神していたようだ。

その間、瞼を下ろしていた目がまだ照明の光に慣れないせいだろうか。

あでやかにほころんだ友利の美貌が、やけに眩しく煌めいて見える。

「水、飲みますか？」

「……意識のない人間の乳首を勝手にいじるなって言っただろう、変態。飲む」

「すぐ目の前で愛する人の乳首が美しく色づいて勃っているのに、触れないでいられる男がこの世にいるでしょうか」

やわらかな声音で言って、友利はサイドテーブルに置かれていたペットボトルを摑む。

この部屋には冷蔵庫がついてない。鈴原が気を失っている間に、廊下の自動販売機で買ってきてくれていたのだろう。

「ちなみに、ほかの場所にも色々と触らせていただきました。ひとりで退屈だったので」

呆れたことを告げ、友利は蓋《ふた》を開けたペットボトルを鈴原に渡す。

「……まさか、挿れたりしてないだろうな」

「さすがにそこまでは。表面を少し舐めて、花びらの襞の数を数えただけです」

「……そうか」

「ええ」

口に出せば実行されそうなので思うだけに留めたが、いっそ、挿入されたほうがましだったような気がしなくもない。

細くため息をついて、鈴原はペットボトルを口もとへ運ぶ。

飲み終えると、上半身をそっと抱き寄せられた。自分を包みこんでくる男の広い肩や逞しい腕が心地よく、鈴原はうっとりと頬をすり寄せ、目を閉じる。

戯れに、眠っている自分の股間に顔を突っこみ、後孔の襞の数をにやつきながら数えている友利の姿を想像してみる。どうしようもない変態すぎて、呆れるよりもおかしくなってしまった。それに、昼間はあんなに冷厳とした顔で検事の職務に励んでいるのに、自分の前では――自分の前でだけこうなるのだと思うと、たまらない愛おしさが胸に湧く。

「何を笑っているんですか、鈴原さん」

友利が鈴原の耳朶を食《は》み、甘やかに囁く。

「いや、何でもない」

友利の背に腕を回し、その首筋にもたれかかったとき、壁の時計が目に入った。

もうすぐ午前二時。寮長に外泊を知らせていない。新人でもないのでそう煩《うるさ》いことは言われないだろうが、今後もこんなことが頻繁に続けば、さすがに下に示しがつかなくなる。

独身の間は寮暮らしが原則ではあるものの、鈴原の年齢なら民間のアパートに移ることも可能だ。近いうちに引っ越そうと思うと、またあとからあとから幸福感が溢れてきた。

友利の首筋にすりつけた頬をゆるませていたとき、遠くでかすかにパトカーのサイレン音がした。

「……なあ。あの母親、どうなった？」

「もちろん、逮捕されて、勾留中ですよ」

「処罰は重くなるんだろうな……」

「当然、そうなるでしょうね。警察署へ計画的に刃物を持参し、明確な殺意を持って警察官を刺そうとしたんですから」

「殺意を認めたのか？」

「そう聞きました」

「精神鑑定は？」

「私が聞いた範囲では、そんな話は出ていないようです。取調中の受け答えは、しっかりしているそうですから」

「だが、彼女は、心が少し不安定になっているように見えたが……」

「まあ、確かに、警察署に刃物を持って乗りこんでくること自体が、そもそも正気の沙汰《さた》ではありませんしね。でも、何だかまるで、罪の軽減を願っているような言い方ですね」

友利は鈴原の頤を撫で、怪訝そうに片眉を上げる。

「私は、もしこの件が自分のところへ配点されたら、取り調べなどせず、即刻死刑を求刑したいと思うくらい、腹が立っているのに」

「民主的法治国家の検察官とは思えない発言だな」

「民主的法治国家の検察官でも、妄想は何でも自由にします」

言って、友利は「あなたが襲われて、救急車で運ばれたと一報を受けてから、怪我はなかったと知るまでの間は、本当に生きた心地がしませんでした」と鈴原をかき抱く。

「あんな酷い誤解をし合ったまま、鈴原さんを失うことになっていれば、きっと死ぬほど後悔して、耐えきれずにあなたのあとを追っていたかもしれません」

「いちいち大げさな奴だな」

鈴原は小さく苦笑し、友利を見やる。

「大体、だったら、病院で最初から、そういう殊勝な態度で俺の無事を喜べよ。人の必死の告白を譫言呼ばわりとか、何だよ、あれは」

「それはそれ、これはこれです。いくら鈴原さんのことを愛していても、いけない警部補へのお仕置きはちゃんとしないといけませんからね」

真顔で告げて、友利は「それにしても」と淡くため息をつく。

「あの母親は、鈴原さんに対する完全な逆恨みでしょう？　最悪の場合、命を奪われていたかもしれないのに、どうして庇《かば》うんですか？」

「彼女を庇おうとか、そういうわけじゃないが、ただ……」

揺れる声を一旦呑み、鈴原は友利に深くもたれかかる。

「俺には、我が子を思う母親の心が暴走したふうに見えた。だから、一時的な心神耗弱かもしれない気がして……」

逆恨みで殺されかけたのだ。怒りを覚えないわけがない。

けれども、感じる憤りには、羨望が混じっていた。

鈴原も、母親に愛されていた。だが、母親が生きているときには、自分にどれほど深く、強い愛情がそそがれているのかを実感できなかった。

だから、母親の本当の気持ちに気づけなかった間も、憎みこそしなかったものの、鈴原にとって母親は無条件の安らぎや親密さを感じられる存在ではなかった。ふたりで寄り添って暮らしていた親子なのに、自分たちの間には脆いガラスでできた隔たりの壁があり、不用意には近づくことすらできなかった。

もし自分の母親が、金川の母親のように、たとえ間違ってはいても、はっきりそれと感じられる愛し方をしてくれていたら。――もし、そうだったとしたら、自分と母親はどんな親子になれただろうか。どんな関係を築ける可能性があっただろうか。

「こんなものを食べたら血管が詰まりそうだわ」と母親が嫌っていた宅配ピザを、「たまにはいいじゃん。食べてもべつに死なないし」などと生意気な口をきいて堂々と注文できただろうか。母親のお気に入りだった天蓋付きのベッドを、「歳を考えたほうがいいと思う、絶対」と正直に言えただろうか。弁当に入れるニンジンを花形にするな、ウズラの卵に目と口をつけるな、そんなものを喜ぶのは幼稚園児だけだ、と素直に文句をぶつけられただろうか。

馬鹿馬鹿しい冗談を言い合って、何でもないことで笑い合えただろうか。どんなことをしても決して捨てられることなどないと本能で確信して、そうしたいときに好きなように甘えることができただろうか。――ごく普通の親子のように。

きっと、あの馬鹿息子を目一杯甘やかして育てたに違いない金川の母親のことを考えると、ふとそんな思いが胸を過ぎった。

「鈴原さん」

鈴原を抱く友利の腕に、ふいに力が籠もる。

「お母さんに甘えられなかったぶん、私に甘えてください」

甘く囁く唇が、頬をすべる。

「好きなだけ、甘やかしてあげますから」

心のうちを見透かしたかのような言葉を贈られ、喉もとへ熱いものがこみ上げてくる。

「……俺の母親はこんなにごつくも、変態でもなかったぞ」

「そんな些細なことは気にさせません。そのくらいの甲斐性《かいしょう》はありますよ」

「全然、些細じゃないだろ、馬鹿」

年下とは思えない大きな優しさが、嬉しかった。けれども気恥ずかしくもあり、友利と目を合わせられなかった。

鈴原は身体をすり寄せつつ、うつむく。そして、視線を下げた瞬間、驚き、その拍子に嬉しさが少しひっこんでしまった。

友利の太いペニスがまた隆々と猛り、反り返って天を突いていたのだ。しかも、真面目な話をしていたはずなのに、もう早々と先走りで濡れていた。

「……お前、変態の上に、絶倫かよ」

「粗チンじゃありませんので」

「謝っただろ、しつこいな」

「あれくらいでは、私が負った深い心の傷は癒えません」

芝居がかったふうに首を振って友利はベッドを降り、ちょうど鈴原の顔の高さになった勃起を、ゆっくりとした手つきで扱き上げた。もう鈴原は嫌と言うほどわかっているのに、なおもその非常識な長大さを見せつけるようにして。

「本当に悪いと思っているのなら、正当な償いをしてください」

「もう散々、お前の言う通りにしただろ。あれ以上、何をすればいいんだよ」

「これから一生、毎日、私のペニスを褒め称《たた》えてください。私のペニスは、世界一立派なペニスだと」

言いながら、友利は勃起の角度を変え、亀頭の先端で鈴原の乳首をぐにぐにとつついた。

「――あ、ぁん」

弾力があるのに、硬くて熱い雄に乳首の芯を押しつぶされるたまらない快感に意識が流されそうになり、鈴原は慌てて眉間《みけん》に力を入れる。

明日も仕事なのだから、もうこれ以上の交歓は無理だ。寮に戻る前に少しは寝たい。

「世界一は、さすがに傲慢すぎると思うぞ。町田支部一くらいしておけ」

「それって、粗チンと同等レベルの侮辱発言ですよ、鈴原さん」

友利は亀頭の下の乳首をごりごりと圧し、もう片方の乳首もつまみ上げた。

「あんっ」

「今の侮辱への償いとして、とても大きくて、硬くて、逞しくて、気持ちがいい、の文言を追加して、世界一の立派なペニスだと褒め称えてください」

「だから……っ、世界一は傲慢だろうが、この変態！　俺は刑事として、そんな無理すぎる嘘はつきたくない」

「あなたは本当にいけない警部補ですね、鈴原さん」

友利は剣呑《けんのん》に微笑み、乳首を捏ねる力を強める。

「あぁん」

甘美な電流が下肢へ走り、陰茎がぴぃんとしなり勃ってしまった。

「あなたが生涯に知るペニスは私のペニス一本なんですから、あなたがそう思えば、私のペニスは世界一なんです。それはまごうことなき愛の真実ですよ」

友利は乳首から離した手の指で、鈴原の屹立をぴんぴんと弾く。

「あっ、は……。お、お前こそ、変態の理屈は、本当に、意味不明……」

声を震わせて言いかけて、鈴原はふとまたたく。

——一生、毎日。

——生涯に知るペニスは私のペニス一本。

さらりと放たれたせいで聞き流してしまった友利の言葉が頭の中に引き返してきて、ぐるぐると回る。

「……友利」

ペニスをもてあそぶ手を握って戯れを防ぎ、鈴原は「三十歳までに家庭を持ちたい」や、自分の身体をこんなふうにした責任を取ると言っていた男を見つめる。

「お前、今、プロポーズをしているつもりか？」

「やっと気づいてもらえましたか？」

友利は艶然と微笑み、喜びをあらわにするように亀頭の先で鈴原の乳首を右左に二度、ぷりんぷりんと跳ね上げた。

そして、妙に真面目な顔つきになったかと思うと、鈴原の手を取って床に立たせ、その足元に跪いた。

「鈴原さん。私はあなたを愛しています。あなたなしの人生はもう考えられません。だから、私と結婚していただけますか？」

「……その馬みたいなペニスで乳首をいじられながら同じことを言われていたら、俺はたぶん、お前を殴って帰ってたぞ、友利」

「正直、そうしたい気持ちもなくはなかったので、間違わなくてよかったです」

友利は笑んで、引き寄せた鈴原の手の甲に口づけた。

「返事を聞かせていただけますか、鈴原さん」

真摯な眼差しで懇願され、胸に痛いほどの歓喜が舞った。

だが、その奥で、小さくかすかな不安も芽生えた。

「……今、しないと駄目か？」

「どうしてですか？」

「お前とずっと一緒にいたいか、と言われたら、答えはイエスだ。だけど、俺は、相思相愛になるのも、そうなった相手とつき合うのも初めてだ。それから、極端な根暗なつもりはないが、浩輝みたいな底抜けの前向き思考でもない。だから、上手く言えないが……」

鈴原は選ぶ言葉に迷いながら、視線を揺らす。

「どんなことが起こるか、わからないのが人生だろ？　たとえば、お前は浩輝に一目惚れをして、プロポーズをして、同居して、でも別れた。お前を信じてないわけじゃないが、初めてつき合う男が生涯を共にする運命の相手になったと喜んでいたのに、別れることになったりしたら、再起不能になるような気がする。だから、お前のペニスは世界一だと言うくらいなら、今日からでもやってやるが、プロポーズの返事はもう少し待ってくれ」

わかりました、と笑んで、友利は立ち上がる。

「でも、私は浩輝にプロポーズまではしていませんよ」

嘘だとは思わなかったけれど、とても意外で、鈴原は驚いた。

「一緒に住んでたのに、か？」

「それは、滞在期間が不明の急な渡米が決まったからです。いくら衝撃的な一目惚れをした相手でも、身体の相性も知らずにプロポーズはできません」

苦笑した友利に手を引かれ、ベッドのふちに腰掛ける。

「でも、確かめたら、しようと思ってたんだろ」

嫉妬をしているわけではないのに、つい訊いてしまった唇を、やわらかく啄まれる。

「ええ、まあ。でも、こういう比較の仕方は浩輝に申し訳ないですし、不適切だと思いますが、浩輝に抱いた感情と鈴原さんに抱いている感情は、まったく違います」

「どう違うんだ？」

「浩輝のことは本当に好きでしたが、自分のアイデンティティーやキャリアを捨てようとは思えませんでした。でも、鈴原さんのことは、自分の何よりも大切に思えます」

鈴原と深く視線を絡ませ、友利は告げた。

「もし、あなたが絶対に譲れないと言うなら、ベッドの中でのポジション変更も辞さないつもりでした」

「それ、本当か？　そのわりには、最初から俺に突っこむ気満々だった気がするぞ」

「六法全書に誓って本当です」

軽く放った揶揄に、友利は真顔の頷きを返してきた。

「一昨日、あの部屋であなたに触るまでは、本気でそう思っていました。でも、触ってみて、あなたの身体は私に抱かれるための身体だとわかったので」

いまいち理解しがたかったが、言葉を紡ぐ友利の眼差しがあまりにひたむきだったので、変態的直感が働いたのだろうと鈴原は納得することにした。

「そちらのほうが幸運な結果に終わったからというわけでもありませんが、地方への異動の辞令が出た時点で、辞職するつもりです」

「……検察、辞めるのか？」

「ええ。鈴原さんとは、絶対に遠距離恋愛はしたくありませんから。三日も耐えられそうにありません」

「……だが、検事のキャリアを捨てるのはもったいなくないか？　俺は、警察を辞めて、お前の異動先へついて行ってもいいぞ」

「嬉しいですけど、その必要はありませんし、鈴原さんと天秤にかけて、鈴原よりも重い価値があるものなんて、私にはありませんので。だから、私たちがずっと一緒にいるための努力を、鈴原さんに強《し》いたくはありません。それは、私がすべきものです」

言いながら、友利は鈴原の肩口にキスを散らした。

「それに、私は、いけない警部補の鈴原さんがとても好きですしね」

「なら、生憎《あいにく》だな。俺は、いつまでも警部補でいるつもりはないぞ」

「ふしだら警部や、淫乱警視だと、もっとぞくぞくしそうです」

鈴原の唇を啄んで、友利は「まあ、冗談は置いておいて」とふわり笑う。

「……今の、冗談なのか？」

「さあ、どうでしょう」

一瞬いたずらっぽく煌めいた美しい双眸が、まっすぐに鈴原を射貫《いぬ》く。

「返事は、今でなくてかまいません。来年の鈴原さんの誕生日に、ちゃんと指輪を用意して、もう一度まともな格好でプロポーズをしますから、そのときにＯＫをください」

自分をまっすぐに求めてくる声に、心臓が跳ね上がる。

どうしようもなく嬉しくて、目もとが瞬く間に赤く染まる。

あからさまな変化が面映《おもは》ゆく、鈴原は視線をうろうろと揺らす。

「くれと言われても、来年の自分の気持ちなんてわからない」

「私にはわかります。来年、鈴原さんの左手に指輪を必ず嵌《は》めてもらう自信があるので。その頃には、あなたは私のペニスなしでは夜を過ごせない身体になっていますよ」

「自信過剰だな、変態」

「自信のない男に、好きな人を幸せにはできません」

「なら、変態検事のお手並みをゆっくり拝見してやるよ」

年下の変態男に翻弄されてばかりなのは癪《しゃく》なので、少しそっけなく言ってみたものの、鈴原の心はもう決まっていた。

友利の真剣な覚悟を聞かされたときに、感じていた小さな不安は跡形もなく砕け散ったからだ。

未来は不確かなものではあるけれど、こんなにも自分のことを大切に想ってくれる友利となら、何が起こってもきっと一生を共にできる。嬉しいことも辛いことも、人生のすべてを分かち合える家族にきっとなれる。

性急なプロポーズへの驚きは、もうすっかりそんな確信に変わっていた。

自分の胸を強い喜びで満たしてくれる愛おしい男を、早く母親に紹介したい。とは言え、浩輝も自分も、立て続けに同じ男を連れていけば母親は驚くだろう。だから、来年の誕生日に指輪を受け取ったら、友利と一緒に母親の墓参りに行こうと鈴原は思った。

来年の誕生日を待ち遠しく感じながら、鈴原は友利の背を抱いた。

「この世の何より愛してますよ、鈴原さん」

強く抱き返してくる男の指先は、肌をざわめかせる熱を帯びていた。明日が辛くなるのはわかっていたが、二日続けて命の危機にさらされるほど運が悪いつもりもない。

「俺も愛してる」

鈴原はベッドの上に身を横たえ、のしかかってきた男の重みを陶然と受け止めた。

あとがき

はじめまして。鳥谷しずと申します。今作はルチル文庫さんから初めて出していただく一冊目です！　初めてなので二冊目のわけがありませんが、無意味に同語反復してしまうくらい浮かれています。嬉しいです。幸せです。

そんな個人的にとてもハッピーな一冊目で警察ものが書けて、うひょーな気持ちがてんこ盛りです。というのも、私は警察ものが大好きだからです。初めて出版社さんにお声をかけていただいた作品もデビュー作も警察もの（注：私基準で、受か攻のどちらかが警察勤めなら、それは警察ものなのです。）、というか投稿作全部警察ものでした。

ずっと警察ものばかりを書いていたいですが、そういうわけにもいかないので、次は湯けむりの中であれやこれがしたたる温泉街の話にするつもりです。で、犬が出てきます。キャラの属性ではなく、本物の犬です。名前は次郎で、特技は頭突きです。出していただくのはちょっと先になりますが、次の頭突き犬・次郎の本もぜひぜひよろしくお願いします！

いつも素敵な励ましの言葉をくださる担当様はじめこの本の出版に関わってくださった皆様、素晴らしく美しいイラストを描いてくださった鈴倉温先生（ラフで描いていただいた二階堂のイラストにどれだけ癒されたかわかりません！）、そして読んでくださった読者の皆様、本当に本当にありがとうございました！

鳥谷しず

✦初出　間違いだらけの恋だとしても……………書き下ろし

鳥谷しず先生、鈴倉　温先生へのお便り、本作品に関するご意見、ご感想などは
〒151-0051 東京都渋谷区千駄ヶ谷 4-9-7
幻冬舎コミックス　ルチル文庫「間違いだらけの恋だとしても」係まで。

幻冬舎ルチル文庫

間違いだらけの恋だとしても

2013年12月20日　第1刷発行

✦著者　鳥谷しず　とりたに しず

✦発行人　伊藤嘉彦

✦発行元　株式会社 幻冬舎コミックス
〒151-0051 東京都渋谷区千駄ヶ谷 4-9-7
電話 03(5411)6431［編集］

✦発売元　株式会社 幻冬舎
〒151-0051 東京都渋谷区千駄ヶ谷 4-9-7
電話 03(5411)6222［営業］
振替 00120-8-767643

✦印刷・製本所　中央精版印刷株式会社

✦検印廃止

ISBN978-4-344-83009-7　C0193　Printed in Japan